L'EXÉCUTEUR

EXÉCUTIONS MALTAISES

DÉJÀ PARUS

- N° 1 : *Guerre à la Mafia*
- N° 2 : *Massacre à Beverly Hills*
- N° 3 : *Le masque de combat*
- N° 4 : *Typhon sur Miami*
- N° 5 : *Opération Riviera*
- N° 6 : *Assaut sur Soho*
- N° 7 : *Cauchemar à New York*
- N° 8 : *Carnage à Chicago*
- N° 9 : *Violence à Vegas*
- N° 10 : *Châtiment aux Caraïbes*
- N° 11 : *Fusillade à San Francisco*
- N° 12 : *Le blitz de Boston*
- N° 13 : *La prise de Washington*
- N° 14 : *Le siège de San Diego*
- N° 15 : *Panique à Philadelphie*
- N° 16 : *Le tocsin sicilien*
- N° 17 : *Le sang appelle le sang*
- N° 18 : *Tempête au Texas*
- N° 19 : *Débâcle à Détroit*
- N° 20 : *Le nivellement de New Orleans*
- N° 21 : *Survie à Seattle*
- N° 22 : *L'enfer hawaiien*
- N° 23 : *Le sac de Saint Louis*
- N° 24 : *Le complot canadien*
- N° 25 : *Le commando du Colorado*
- N° 26 : *Le capo d'Acapulco*
- N° 27 : *L'attaque d'Atlanta*
- N° 28 : *Le retour aux sources*
- N° 29 : *Méprise à Manhattan*
- N° 30 : *Contact à Cleveland*
- N° 31 : *Embuscade en Arizona*
- N° 32 : *Hit-parade à Nashville*
- N° 33 : *Lundi linceuls*
- N° 34 : *Mardi massacre*
- N° 35 : *Mercredi des Cendres*
- N° 36 : *Jeudi justice*
- N° 37 : *Vendredi vengeance*
- N° 38 : *Samedi minuit*
- N° 39 : *Traquenard en Turquie*
- N° 40 : *Terreur sous les Tropiques*
- N° 41 : *Le maniaque du Minnesota*
- N° 42 : *Maldonne à Washington*
- N° 43 : *Virée au Viêt-Nam*
- N° 44 : *Panique à Atlantic City*
- N° 45 : *L'holocauste californien*
- N° 46 : *Péril en Floride*
- N° 47 : *Épouvante à Washington*
- N° 48 : *Fureur à Miami*
- N° 49 : *Échec à la Mafia*
- N° 50 : *Embuscade à Pittsburgh*
- N° 51 : *Terreur à Los Angeles*
- N° 52 : *Hécatombe à Portland*
- N° 53 : *L'as noir de San Francisco*
- N° 54 : *Tornade sur la Mafia*
- N° 55 : *Furie à Phoenix*
- N° 56 : *L'opération texane*
- N° 57 : *Ouragan sur le lac Michigan*
- N° 58 : *Bain de sang pour la Mafia*
- N° 59 : *Piège au Nouveau-Mexique*
- N° 60 : *Pleins feux sur la Mafia*
- N° 61 : *La filière new-yorkaise*
- N° 62 : *Vengeance à Hong-Kong*
- N° 63 : *Chaos à Caracas*
- N° 64 : *Le capo de Palerme*
- N° 65 : *Nuit de feu sur Miami*
- N° 66 : *Trahison à Philadelphie*
- N° 67 : *Banco à Denver*
- N° 68 : *La guerre de Sicile*
- N° 69 : *Pluie de sang sur Hollywood*
- N° 70 : *Complot à Columbia*
- N° 71 : *Débâcle à Rio*
- N° 72 : *Les sources de sang*
- N° 73 : *Mort en Malaisie*
- N° 74 : *Fleuve de sang en Amazonie*
- N° 75 : *Tueries en Arizona*
- N° 76 : *Arnaque à Las Vegas*
- N° 77 : *La bataille du New Jersey*
- N° 78 : *Flots de sang pour une vengeance*
- N° 79 : *Raid sur Newark*
- N° 80 : *Tempête de mort sur Istambul*
- N° 81 : *Alerte à Poenix*

DON PENDLETON

L'EXÉCUTEUR

EXÉCUTIONS MALTAISES

Photo de couverture : PICTOR INTERNATIONAL

La loi du 11 mars 1957 n'autorisant aux termes des alinéas 2 et 3 de l'article 41, d'une part, que les *copies ou reproductions strictement réservées à l'usage privé du copiste et non destinées à une utilisation collective*, et, d'autre part, que les analyses et les courtes citations dans un but d'exemple ou d'illustration, *toute représentation ou reproduction intégrale ou partielle faite sans le consentement de l'auteur, ou de ses ayants droit ou ayants cause, est illicite* (alinéa 1er de l'article 40). Cette représentation ou reproduction, par quelque procédé que ce soit, constituerait donc une contrefaçon sanctionnée par les articles 425 et suivants du Code pénal.

© 1989, PRESSES DE LA CITÉ/HUNTER

ISBN 2-258-03064-1

CHAPITRE I

— Saloperie de putain de chaleur!
— Ta gueule! grinça Sisco « Albinos ».
Pourtant, le gros Grazziani avait raison. Cette nuit, malgré l'automne, Palerme était un vrai four et dans la Regata aux vitres à demi abaissées, ils avaient tous les quatre l'impression de cuire au bain-marie. Mais bien que ruisselant comme les trois autres, « Albinos » semblait se moquer de la chaleur. Complètement immobile à l'arrière de la voiture, ses grandes mains osseuses posées sur son ventre, il ressemblait à un sadique de film d'horreur.

Un albinos.

Avec une peau trop rouge marbrée de plus pâle, des cheveux blancs filasseux, des sourcils et des cils quasi-inexistants et des yeux presque phosphorescents à force d'être pâles. Des yeux aux paupières rongées par une intense conjonctivite chronique.

Un personnage peu ragoûtant. Laid, asthmatique et obsédé sexuel. Mais sans doute le tueur le plus efficace et le plus froid de toute la mafia sicilienne. Azel Sisco, dit « Albinos », aimait tuer et il le faisait bien. Et son grand rêve était de buter un jour ce grand fumier d'Exécuteur. Cette légende vivante. Il le ferait même à mains nues. Des mains d'une force extraordinaire qui forçaient le respect de ses *soldati*. Un respect mêlé de dégoût. Car tous connaissaient ses penchants sado-sexuels et sa manie écœurante de la masturbation. En résumé, Sisco « Albinos » était un cas pathologique.

— Ça va bientôt être l'heure, annonça Gene, un petit costaud au crâne tondu et au nez de boxeur.

Assis près du chauffeur, il n'avait pas quitté des yeux la façade de l'immeuble depuis leur arrivée. La patience personnifiée. Alliée à une précision de tir qui tenait du prodige. Le genre de truc avec lequel il aurait pu monter un numéro de cirque. Mais Gene était flingueur exactement depuis le jour de ses dix sept ans et il en aurait quarante et un dans une semaine. Plus question de changer de job maintenant.

— Encore dix minutes, fit-il.

Il était une heure du matin et le *carabiniere* rentrait toujours à la même heure. Deux heures tapantes. Ça laissait largement le temps.

— Je sais ! grinça de nouveau l'albinos. Ferme ta gueule.

Il était essoufflé, sa respiration sifflait comme une cocotte-minute et dans la pénombre, les brillances de la transpiration accusaient les méplats de sa longue face chevaline.

— Putain! grogna de nouveau le gros Grazziani. On va crever!

— Tss! Tss! fit seulement l'albinos entre ses grandes dents jaunes.

Signe qu'il s'énervait. D'ailleurs, Grazziani aurait dû le savoir. Assis à côté de lui, il n'avait qu'à baisser les yeux pour voir les grandes mains osseuses de l'albinos malaxer son entrejambe. Un truc qu'il ne pouvait s'empêcher de faire quand la tension montait. Sa façon à lui de se calmer. N'importe quel psychiatre aurait diagnostiqué la fameuse « pulsion irrésistible », argument si pratique aux avocats pour déresponsabiliser les violeurs et certains assassins devant les cours d'assises. Dans ces moments-là, il y avait deux solutions : ou l'albinos se masturbait plus ou moins discrètement, ou il violait sa « cible ». Quand celle-ci était une femme. Bien sûr, il ne détestait pas non plus un très jeune garçon de temps à autre, toutefois il était rare que la mafia en condamne à mort. Mais cette nuit, « Albinos » ne songeait pas aux petits garçons. Il ne pensait plus qu'à une chose, et ceci depuis des jours et des jours que durait leur planque. Une chose... ou plutôt une personne qui portait un bien joli nom.

Claudia.

Il n'en dormait plus, n'en mangeait plus, n'en buvait presque plus... et il était passé à trois doses quotidiennes. Trois lignes de coke par jour, dont il attendait la dernière avec une impatience grandissante. Tout en fantasmant sur les films vidéo qu'il aurait pu faire avec cette Claudia. Un vrai metteur en scène, Sisco. Des films pornos, il en avait tourné un nombre incalculable. Des films très... très hard, tournés à la va-vite dans son appartement reconverti en studio et qu'il revendait grâce à un petit réseau de distribution monté par lui-même. Alors, en bon artiste, depuis qu'il avait vu cette Claudia pour la première fois, Sisco fantasmait. Chaque fois qu'il pensait à elle, il était dans un état de nerfs pas possible.

Pourtant, hormis les crispations de ses doigts sur son pantalon trop serré, rien ne laissait deviner cette agitation nerveuse. Apparemment, il était aussi tranquille et détaché de tout qu'à son habitude. Simplement, rien que de penser à la jeune Claudia, il avait le ventre en feu et le cerveau en ébullition. Dans ces moments là, il était dangereux. Très dangereux.

Il pouvait tuer pour le plaisir.

Il l'avait déjà fait. Souvent. Et toujours après un viol. Evidemment, ses employeurs le savaient et ils n'aimaient pas beaucoup ça. Mais une copine de Sisco « Albinos » travaillait au cabinet du juge Fazarone. Une « actrice » de ses films qui adorait se faire fouetter. Elle lui refilait tous les tuyaux qu'elle pouvait glaner. Alors, jusqu'à ce jour, les employeurs de l'albinos lui avaient pardonné ses petits écarts.

Bon Dieu qu'il en avait envie de cette petite salope !

Depuis qu'on l'avait branché sur elle, depuis

qu'il l'avait vue pour la première fois, son ventre le brûlait et les pires fantasmes défilaient sous son crâne. Selon les instructions, il l'avait même suivie deux ou trois fois dans la rue. Sans se cacher. Il l'avait même filmée au camescope. Depuis, cela alimentait ses fantasmes nocturnes. Il l'imaginait dans toutes les situations les plus dingues. Les plus excitantes. Il s'imaginait la violant et l'étranglant en même temps.

Son plus délicieux fantasme !

Alors, la veille, quand on lui avait dit que l'opération devrait avoir lieu cette nuit, quand ce type, ce Mr Max, l'avait de nouveau contacté pour lui donner ses dernières instructions, il s'était mis dans un état pas possible. Au point que son membre viril, déjà monstrueux au repos, avait quadruplé de volume et que cela n'avait pas varié depuis.

A devenir fou.

D'autant qu'il savait ce à quoi étaient occupés les débuts de nuit du Blond et de la gonzesse. A baiser. Tous les soirs. Jusqu'à deux heures moins vingt, heure à laquelle le Blond la quittait. Par la fenêtre de la cour de cet immeuble minable. Celle de sa chambre. Juste au-dessus de celle de ses vieux. Un cinoche, genre Roméo et Juliette. Une combine qui rendait le tueur albinos complètement dingue.

C'était un imaginatif.

— Plus que cinq minutes, lâcha encore Gene en nasillant de son nez de boxeur.

C'était le moment. Sur un grognement de l'albinos, le chauffeur envoya un bref appel de phares et, jusqu'alors invisible dans l'ombre d'une ruelle, un autre véhicule lui répondit.

Une ambulance.

Avec trois flingueurs à l'intérieur. Déguisés en infirmiers, ils étaient chargés de s'assurer du Blond jusqu'à son lieu de « livraison ». Sans savoir de quoi il retournait exactement, Sisco « Albinos » devinait qu'il s'agissait d'une affaire importante. Un enlèvement n'avait en principe rien à voir avec les quelconques règlements de comptes, les simples « contrats » auxquels il était habitué. Cette fois, c'était un truc compliqué. Peut-être une magouille politique. En tout cas, il s'en foutait, l'albinos. Lui, son boulot, c'était de coordonner les opérations selon les instructions reçues. Des opérations dont un des volets lui convenait parfaitement. Un rêve !

— Plus que...
— Ta gueule ! grinça l'albinos. Je sais lire l'heure.

Les mains toujours crispées sur son bas-ventre, il suivait effectivement la course du temps sur la pendule du tableau de bord. Plus que deux minutes. Il grogna à l'adresse des autres :

— A vous.

Le gros Grazziani et Gene n'attendaient que cet ordre. Les mains déjà posées sur les crosses de leurs armes à peine dissimulées sous leurs vestes, ils quittèrent silencieusement la voiture et tels des fantômes, ils allèrent se perdre dans l'ombre du couloir de l'immeuble en question. Pendant ce temps, tous feux éteints, l'ambulance avait manœuvré hors de la ruelle pour présenter son arrière face à la porte du même immeuble. Un vrai ballet. Organisé, silencieux, efficace.

L'albinos en était au bord de l'orgasme. Il sauta hors du véhicule, fit signe aux « ambulanciers » de ne pas bouger et s'engouffra dans le couloir de l'immeuble. Un long boyau étroit et biscornu qui sentait l'huile rance et la pisse de chat. Soudain, au débouché du rectangle plus clair de la cour, une silhouette trapue jaillit. Gene. Dans ses pognes de puncheur, il serrait le dernier modèle SPAS compact. Le PA 3 de chez Franchi. Un fusil court à canon lisse qui ressemblait à un gros revolver futuriste et qui tirait aussi bien la balle à sanglier que les chevrotines. Une arme dévastatrice qui ne laisserait aucune chance à ceux qui voudraient se mettre en travers de leur chemin.

— *Va bene*, fit le râblé à voix contenue.

L'albinos hocha la tête, souffla :

— On monte.

Il ne tenait plus en place. Là-haut, il y avait Claudia. Claudia et son petit corps de nymphe, Claudia et ses grands yeux rêveurs et allumeurs en même temps, Claudia et sa voix encore juvénile, Claudia et cette expression à la fois surprise et vaguement craintive qu'elle avait eue quand deux jours plus tôt, à la sortie de la messe, elle avait surpris son objectif de camescope braqué sur elle. L'expression d'une fille qu'on commence à violer. Pour Sisco, il n'y avait rien de plus excitant.

Sisco réprima un frisson crucifiant, répéta comme pour lui-même:

— On monte.

***

— Eugenio!

Eugenio Simoni avait le sommeil lourd. Et puis il était un peu sourd. Son épouse dut le secouer à plusieurs reprises pour qu'il consente enfin à pousser un grognement indistinct. Sa femme souffla, inquiète.

— Eugenio! J'ai entendu du bruit.

— Hum! grogna de nouveau le mari. Sûrement encore les gosses des Carvallo. Un jour, je vais...

— Eugenio! coupa Emma Simoni. J'ai entendu du bruit dans la maison. Comme un grincement de porte.

— De porte!

Eugenio Simoni s'était redressé sur un coude. Pour mieux prêter l'oreille. Il perçut effectivement un léger grincement, finit par secouer sa grosse tête couronnée de cheveux noirs avec commisération.

— Bien sûr que c'est une porte, ronchonnat-il. Andrea, il va pas rentrer par la fenêtre.

Andrea n'avait effectivement aucune raison de rentrer chez ses parents autrement que par la porte. Surtout après une si longue soirée passée à veiller sur la sécurité des honnêtes palermitains.

— Eugenio! On dirait qu'ils sont plusieurs!

Eugenio était finalement comme nombre de malentendants, il percevait les faibles sons avec une acuité surprenante. Il avait entendu aussi. Des bruits de pas. Etouffés, mais multiples. Des bruits étranges auxquels les retours du *carabiniere* ne les avait pas accoutumés. Tout près de leur porte de chambre. Eugenio avait déjà attrapé le commutateur de la lampe de chevet. Une lumière trop crue jaillit.

Au même moment, la porte s'ouvrit à la volée.

Le battant cogna contre le mur, faisant tomber une potiche posée sur la commode. Les Simoni n'y comprenaient rien. Une lourde silhouette leur tomba dessus et Emma Simoni poussa un petit cri de souris. Quelque chose de dur et de glacé venait de percuter son front avec violence. La tête brutalement rejetée en arrière, elle vit en gros plan un canon tout noir dont l'image devenait plus nette à mesure qu'elle regardait plus loin. Plus loin, il y avait aussi une grosse face transpirante. Avec des yeux bordés de graisse qui la fixaient sans paraître la voir. Hypnotisée par l'horreur, bouche ouverte sur un hurlement muet, elle entendit une voix rugueuse qui ordonnait:

— Ta gueule!

La brute s'adressait à Eugenio. Emma Simoni eut une seconde l'envie de tourner la tête vers son mari pour essayer d'y trouver un peu de réconfort, mais la brute avait arraché l'oreiller d'Eugenio pour le plaquer sur le visage d'Emma. Aveuglée, étouffée, la pauvre femme était folle de terreur. Au même instant, un cri aigu, un cri de peur et de douleur lui parvint à travers l'oreiller. Un cri venu de la chambre du haut.

La chambre de Claudia!

Claudia! Sa petite-fille!

A la même seconde, l'arme monstrueuse qui creusait son front fit entendre un bruit de ressort. Alors, la panique submergea Emma Simoni. Un hurlement étouffé jaillit de sa gorge et dans l'affolement, elle lança les deux mains en avant.

La détonation fut presque ridicule.

Grâce à l'oreiller qui en avait étouffé la majeure partie. Sous l'impact à bout touchant, ledit oreiller se désintégra, répandant tous azimuts une tempête de plumes et de duvets. Sur le lit, le front d'Emma Simoni avait explosé comme une pastèque trop mûre, répandant tout autour sang, cervelle et os dans une infâme bouillie qui souillait les murs et le plafond.

L'horreur totale.

Une horreur à laquelle ne semblait pas participer le gros Grazziani. Toujours aussi placide, il reporta ses petits yeux bordés de graisse sur Eugenio Simoni. Tétanisé, celui-ci semblait déjà mort. Regard fou et fixe, bouche ouverte sur un appareil dentaire qui s'était décroché. Grazziani déporta le court canon éclaboussé de sang du SPAS, l'enfonça violemment dans la bouche ouverte, repoussant la prothèse au fond de la gorge. Eugenio Simoni éructa, vomit, mais finit par s'immobiliser de nouveau sous la pression de l'acier brûlant. Comme sa femme un instant plus tôt, il avait lancé les deux mains en avant et ses doigts couverts de poils noirs étaient crispés autour du canon. Dans sa gorge obstruée, des sons inarticulés tentaient de se frayer un passage, tandis que ses yeux remplis de larmes roulaient furieusement dans leurs orbites. Dans sa tête, un cinéma d'horreur déroulait ses images insupportables.

Mais ce n'étaient que des images.

A l'étage, surpris dans le sommeil où ils avaient sombré malgré eux, le Blond et la jeune Claudia n'avaient pas réalisé. Pas eu le temps. La lumière s'était allumée, le drap qui les couvrait s'était arraché du lit, dévoilant le sexe du type et, sous la nuisette remontée aux hanches, les petites fesses nerveuses de Claudia.

Le cauchemar.

Deux hommes. Un costaud au crâne rasé et un échalas rouge de peau, aux cheveux blancs et aux yeux délavés. Une face hideuse que la jeune fille se souvint aussitôt avoir déjà vue quelque part. Elle eut envie de hurler, tourna la tête vers son amant, vit le costaud lever la crosse de son fusil au-dessus de lui.

— Le Sultan! eut-il quand même le temps de crier. Sauve-toi! Appelle le *Sultan*! Tu...

Mais la crosse s'était abattue sur son crâne. Pendant ce temps, plongeant sur le lit, l'albinos avait déjà empoigné les hanches nues de Claudia. Il la retourna comme un sac, la plaqua à son ventre avec un grognement qui ressemblait à celui d'un porc. Paniquée, la jeune fille hurla, voulut se débattre. Très loin elle perçut un cri.

Sa grand-mère !

Suivit aussitôt une sourde déflagration. Claudia hurla de nouveau, faillit échapper aux mains de l'albinos. Mais celui-ci lui envoya un coup de poing qui lui arracha presque l'oreille. Claudia poussa un gémissement aigu, eut l'impression que son crâne éclatait et les yeux pleins de larmes, elle entendit l'albinos ordonner au chauve :

— Tiens-la !

Les jambes de Claudia furent soudain prises dans deux étaux et elles s'écartèrent malgré ses terribles efforts. Puis elle sentit sa chair s'ouvrir sous l'infernale poussée et un pal de feu lui déchira les entrailles. Cette fois, son hurlement fut si fort que sa tête lui sembla exploser. Un autre coup de poing la fit taire et dans son ventre, l'épieu incandescent se mit à la défoncer.

Claudia hurla encore une fois, puis un intense bourdonnement emplit sa tête et elle s'évanouit.

Pas longtemps. Dix secondes plus tard, son cerveau fou enregistra une série de détonations, suivie de cris et de déflagrations sourdes qui firent frémir les murs. Elle rouvrit ses yeux noyés de larmes, sentit l'homme sursauter violemment dans son ventre et reprenant soudain pied dans l'atroce réalité, elle poussa un formidable hurlement.

Un hurlement de douleur, de peur et de haine.

Il ne fallait pas qu'elle meure. Elle devait fuir, appeler le *Sultan*. Dans son champ de vision brouillé par les larmes, elle aperçut alors la fenêtre. A trois mètres. Une fenêtre entrouverte. Déjà, dans la tempête de son esprit liquéfié par le drame, sa décision était prise.

Une décision folle. Suicidaire.

CHAPITRE II

L'aéroport de Punta Raisi n'avait pas changé depuis le dernier blitz de l'Exécuteur en Sicile. Hormis peut-être une mince couche de peinture au plafond des arrivées. Palerme n'était pas vraiment une plaque tournante internationale.

Sauf pour la mafia, bien sûr.

N'ayant pour tout bagage qu'un gros sac « reporter » noir gancé de rouge qu'il avait gardé en cabine, Mack Bolan n'eut qu'un bref passage à effectuer au contrôle des passeports, avant de traverser la petite aérogare. Sur la droite, il avait lancé un regard vers le hall annexe où s'alignaient les stands de location de voitures.

L'étui à violon rouge était là. Signe de reconnaissance.

Sa propriétaire aussi.

Bolan ressentit un petit choc à l'épigastre. Claudia Simoni était une véritable œuvre d'art. Malgré ses jeans délavés, malgré son T-shirt trop grand, malgré ses cheveux noirs ramenés sur la nuque en un chignon sans grâce. Et surtout, malgré la tension, presque la peur, qu'il lisait sur toute sa personne. En bref, Claudia Simoni aurait beau faire, elle n'arriverait jamais à s'enlaidir. Cela tenait à la fois à sa silhouette de liane, à son maintien de danseuse, à son fin cou de cygne, à ce port de tête altier qui la faisait ressembler à une peinture de Le Titien. Il suffisait d'ajouter un visage de madone un peu trop sensuelle sur l'ensemble, et on avait l'œuvre d'art en question.

Une œuvre d'art de quinze ans!

Ou à peine davantage.

Bolan ne comprenait pas bien quels rapports pouvaient unir cette quasi-adolescente au mafioso repenti Andy Somek, mais c'était de sa part qu'elle l'avait appelé au secours sur le téléphone de son char de guerre. Alors, il était venu.

Son sac à l'épaule, il alla se poster au fond du hall, observa les environs un moment, avant de se décider. Claudia Simoni ne semblait pas surveillée.

Etonnant.

Le sixième sens du guerrier solitaire était-il en train de faire du zèle? Bolan aurait parié que la fille avait des « anges gardiens ». Question d'instinct. Il l'avait senti dès le contrôle des passeports.

Prudent, il gagna le petit hall des stands de location, passa derrière la jeune fille sans la regarder. Là non plus, personne ne semblait se soucier d'elle. Un seul client au comptoir de Hertz et une femme à celui d'Avis. Bolan attendit que cette dernière ait terminé pour retirer les clés et les papiers de la Fiat louée de New York, au nom de *Dakota*. Puis, après un dernier regard alentour, il se décida à frôler Claudia Simoni. Comme s'il s'apprêtait à quitter l'aérogare. Au passage, il lâcha tout bas :

— Je suis le *Sultan*. Sortez devant.

Il n'avait fait que souffler du coin des lèvres. La fille marqua un léger haut le corps, tourna son magnifique regard gris-mauve angoissé vers lui, mais il s'était déjà détourné en consultant son contrat de location d'un air très absorbé. Ainsi, il ressemblait à un simple touriste fraîchement débarqué.

Un « touriste » d'un genre un peu particulier. Si la police de l'air locale avait su qui il était et ce qu'il était venu faire, une véritable armée lui serait tombée dessus à sa descente d'avion. En Sicile comme ailleurs, ses derniers blitz n'avaient guère laissé de bons souvenirs.

Claudia Simoni avait de bons réflexes. Appliquant les consignes données au téléphone par l'Exécuteur, elle était déjà dehors. La nuit tombait et une petite bruine grasse formait des halos fantomatiques sous les lampadaires des parkings. Repoussant les assauts d'une demi-douzaine de chauffeurs, Bolan vit la jeune fille enfourcher une 250 Suzuki rouge et couvrir sa tête d'un casque intégral de même couleur. Vérifiant qu'ils ne faisaient toujours apparemment l'objet d'aucune filature, il se rendit au parking annexe et prit possession de sa Fiat de location.

— *Mister* Dakota.

C'était le « client » du comptoir Hertz aperçu un peu plus tôt. Un jeune homme blond aux grands yeux bleus et candides et à l'accent anglais. Un sac de voyage gris à la main. Il venait de se planter devant Bolan, un sourire emprunté aux lèvres.

— C'est bien moi, fit l'Exécuteur.

Le sourire devint plus chaleureux et un éclair de soulagement passa dans les yeux candides. Il hocha la tête, déclara :

— Je vous ai entendu prononcer ce nom au comptoir Avis. Je m'appelle Herbert, se présenta le jeune homme. Je suis envoyé par mon oncle, le major Thomas Dundee. Il m'a chargé de vous adresser ses amitiés sincères et de vous remettre ceci.

Ceci, c'était précisément le sac de voyage gris. Une petite logistique d'urgence qui permettrait d'attendre la « commande » passée par Grimaldi à un de ses vieux copains. Un ancien vétéran du Vietnam, autrefois muté à la base OTAN de Sigonella, et qui s'était reconverti dans le commerce local.

Armement léger pour le cas échéant. La Sicile était une île dangereuse. Surtout pour un type comme l'Exécuteur. Il y avait au moins dix *amici* au kilomètre carré et chacun voulait la peau du grand fumier.

— Merci, fit Bolan en s'emparant du sac.

Le major Thomas Dundee était loin d'être un inconnu pour lui. Lors d'un de ses blitz locaux, le vieux héros de guerre britannique lui avait rendu un fier service et il lui avait renvoyé l'ascenseur en éliminant la branche mafieuse qui le rançonnait. Bolan nota que le sac était solidement cadenassé. Le neveu du major ne semblait pas en connaître le contenu. Ce dernier se fouilla, remit une enveloppe cachetée à Bolan.

— La clé, fit-il sobrement.

L'Exécuteur empocha l'enveloppe en s'enquérant :

— Comment va le major ?

— Le mieux possible compte tenu de son état. Il ne bouge plus guère de sa villa.

Au téléphone, le vieil Anglais s'était en effet plaint de ses crises de goutte répétées, déplorant de ne pouvoir se déplacer lui-même pour apporter le sac à Bolan. Ce qui ne l'empêchait sûrement pas de forcer légèrement sur le Johnnie Walker Black Label. Péché très pardonnable.

— Remerciez-le de ma part, sourit Bolan. Et retournez-lui mes amitiés. Si je reste un peu en Sicile, j'essaierai de lui rendre visite.

Le jeune homme blond disparut dans la bruine et une minute plus tard, l'Exécuteur passait devant la moto de Claudia Simoni. Celle-ci démarra, pour le dépasser sitôt l'embranchement de l'autostrade franchi. Direction Palerme.

Mais l'Exécuteur avait les yeux rivés au rétro. Il venait de repérer les « anges gardiens ».

Une Volkswagen Passat Touring blanche. Deux voitures derrière lui, avec deux occupants à bord. Il l'avait découverte grâce à ce petit rien qui distingue les filocheurs professionnels et qui les fait d'abord calquer le comportement de leur voiture sur celle de l'objectif, avant de laisser ostensiblement un ou plusieurs autres véhicules s'intercaler entre eux. Mais cette fois, ils avaient affaire à une moto. Beaucoup plus délicat, surtout de nuit. Car suivant toujours les instructions données de New York par l'Exécuteur, Claudia Simoni ne cessait de casser son rythme. Tantôt accélérant, tantôt ralentissant, elle avait aussitôt obligé la Passat à se découvrir. Mais à ce stade de la filature, Bolan ignorait s'il avait été repéré aussi.

A vérifier.

Réduisant soudain sa vitesse, il mit son clignotant, déporta la Fiat sur la droite. Comme s'il s'apprêtait à quitter l'autostrade à la première sortie. Dans le rétro, il vérifia que la Passat ne marquait absolument aucune hésitation. Elle poursuivait sa route sur la voie centrale et il la laissa le dépasser à son tour. Il n'était pas repéré. Il roula encore environ deux kilomètres sur le même rythme, puis, voyant arriver le panneau annonçant la sortie de Cinisi, il déboîta, remonta toute la file de voitures pour aller se placer deux véhicules devant la Suzuki de Claudia Simoni.

Une manœuvre également prévue par téléphone.

La jeune fille obliqua à droite, suivit aussitôt Bolan qui remontait déjà la bretelle de sortie. Sous son casque, elle ne devait pas en mener large. Par ce changement d'itinéraire, l'Exécuteur venait de l'informer d'un pépin. A lui de prendre le relais. D'une main, il avait éventré l'enveloppe contenant la clé et ouvert le sac gris. Dedans, outre un vieux Golt 45Governement et ses deux chargeurs, un non moins ancien pistolet Webley & Scott et trois chargeurs bourrés de la redoutable cartouche de 0.456 à forte puissance, il y avait un étonnant lance-grenades Smith & Wesson No. 210 et 37 mm. Une arme américaine anti-émeutes qui se présentait comme un gros revolver doté d'un imposant canon d'environ six pouces de long sur 40 mm de diamètre. Un engin d'aspect rébarbatif et très efficace, dont l'Exécuteur se demandait bien comment le major Dundee avait pu se le procurer.

Pas étonnant que le sac soit lourd!

Il contenait au moins vingt-cinq grenades, de type « obus » et de variétés diverses. Toutes destinées au Smith & Wesson.

Délaissant ces dernières, l'Exécuteur avait engagé un chargeur dans le 45, un autre dans le Webley & Scott. Puis, les deux armes posées sur le siège voisin, il ralentit, fit semblant de chercher une place sur la large avenue luisante de crachin où ils venaient de déboucher, laissant de nouveau la moto, puis ses suiveurs, le dépasser.

L'endroit était sinistre.

De loin, il vit la Suzuki appliquer à la lettre le plan de secours dicté par lui. Elle ralentit à son tour et se gara le long d'un mur d'entrepôts. Prêt à toute éventualité, Bolan vit la jeune fille en descendre pour s'engouffrer sous le porche d'un immeuble décrépit, face aux entrepôts. Vingt mètres derrière la moto, la VW s'était également arrêtée.

C'était à l'Exécuteur de jouer.

Sans laisser le temps aux occupants de la VW de réfléchir sur la conduite à tenir, il enfouit ses armes sous son blouson et, profitant de l'angle mort du rétro de la VW, il remonta silencieusement les trente mètres qui le séparaient d'elle.

— Eh!

Ce fut la seule exclamation que poussa le chauffeur de la Passat. D'un seul élan, l'Exécuteur avait plongé sur la banquette arrière, claqué la portière derrière lui et abattu la crosse du 45 sur le crâne du type. Tandis qu'il s'effondrait sur le volant, le passager, un long maigre au cou de poulet, avait amorcé le mouvement de tourner sa tête aux longs cheveux gras. L'Exécuteur lui enfonça le canon du Webley & Scott dans la nuque en grondant de sa voix sépulcrale :

— Mains sur le tableau de bord. Et attention. Ce calibre-là, ça fait exploser les têtes.

C'était vrai. La lourde balle de 0.455 était capable d'arrêter un buffle en pleine course. Une ancienne munition de guerre qui n'avait plus cours depuis la convention de Genève.

Mais pour l'Exécuteur, la convention de Genève...

L'italien de Bolan devait être très acceptable, car le type obéit aussitôt. Un sifflement laborieux passait par ses narines pincées et ses mains osseuses tremblaient sur le tableau de bord. L'Exécuteur n'avait pas envie de traîner. Il questionna :

— Qui est ton boss ?

L'autre parut d'abord ne pas comprendre, puis il lâcha dans un nouveau sifflement de narines :

— Adri... Dino Adriano.

Bolan fronça les sourcils.

— Précise, ordonna-t-il. Qui c'est, cet Adriano ?

Le Sicilien hésita, lança un regard apeuré vers son voisin. Mais celui-ci semblait parti pour faire sa nuit. Bolan appuya un peu plus le canon du Webley dans sa nuque en menaçant :

— Magne.

— Adriano, c'est le boss de... de la prostitution de Palerme.

Il avait parlé si vite que l'Exécuteur dut le faire répéter, puis il ajouta tout aussi précipitamment :

— Il avait chargé tous ses hommes de Palerme de retrouver la trace de cette Claudia

Simoni. C'est un tenancier de bistrot qui l'a repérée. Ensuite, Adriano nous a mis sur sa filature. Il voulait savoir ce qu'elle faisait, qui elle rencontrait, etc...

— Finalement, vous deux, vous n'êtes que des maquereaux.

L'intéressé ne répondit pas. Inutile. Une fois Adriano satisfait, il l'aurait sans aucun doute placée dans un bordel. Ici, ou à l'étranger. Les pays du maghreb n'étaient pas loin, le Moyen-Orient non plus.

— On le trouve où, cet Adriano? questionna l'Exécuteur.

Nouvelle hésitation du Sicilien.

— Où !
— Au... dans un night. Le *Rotello*.

Décidément, le monde du crime était à la fois étendu et très petit. Le *Rotello*, l'Exécuteur l'avait déjà connu. Lors d'un blitz en Sicile, où justement, il avait également connu des gens comme la major Dundee et d'autres encore. A l'époque, le *Rotello* était le QG du boss de Palerme de l'époque, Don Danio Ravali. Depuis, beaucoup d'eau fangeuse avait coulé dans le lit de la mafia et beaucoup d'anciens *amici* avaient disparu. Soit violemment, soit par le jeu complexe et souvent méandreux de la justice sicilienne. Mais le *Rotello* avait survécu. Intéressant.

— Et la fille, demanda l'Exécuteur, vous saviez qui elle attendait à Punta Raisi?

— Non. On savait juste qu'elle risquait éventuellement d'être contactée par un Américain. Un grand balèze, genre militaire. Ancien du Vietnam. On nous en avait fait une description poussée. Avec portrait robot.

Encore un de ces petits pièges bien grossiers dont la mafia était coutumière. Ils manquaient singulièrement d'imagination. L'Exécuteur obligea l'autre à tourner la tête et il demanda :

— Genre moi, le type de la description ?

L'autre osa enfin lever ses petits yeux vicieux sur la face granitique qu'un rayon de réverbère éclairait d'une lumière blême et frisante.

— Oui, finit-il par balbutier, blême de trouille. Mais... mais on était juste chargés de te filer. On devait ensuite dire au boss où on pouvait te trouver.

Il toussa, acheva précipitamment :

— Nous, on t'en veut pas, hein !

En d'autres circonstances, l'Exécuteur aurait esquissé sa fameuse ombre de sourire polaire. Mais déjà, il ne pensait plus au mac. Claudia était « logée », il fallait la mettre à l'abri. Là-dessus, outre le fait qu'il pouvait demander ce service au major Dundee, il avait sa petite idée.

Une petite idée qui lui réchauffait le cœur.

— C'est comment, ton nom ? questionna-t-il à brûle pourpoint.

Surpris, le maigre bégaya :

— Freddy. Freddy Canetta.

Freddy ! Encore un Sicilien qui rêvait de l'Amérique.

— OK, lâcha l'Exécuteur dans un soupir. Moi non plus, je t'en veux pas, mon petit Freddy.

Et il pressa la détente du Webley. Deux fois.

La cartouche de 0.456 était décidément une munition très sonore. Et extrêmement dévastatrice. Sauf pour le pare-brise miraculeusement resté intact. Dans ce but, l'Exécuteur avait opéré deux tirs plongeants. Dans l'habitacle où l'odeur de cordite prenait à la gorge, il y avait à présent deux crânes éclatés. Du sang avait giclé partout et d'écœurantes éclaboussures de cervelles étaient allées se plaquer sur les vitres et sur le skaï du chapiteau.

Mais ce n'étaient que des cervelles de pourris.

CHAPITRE III

— Vous... vous les avez tués ! Tous les deux !
Vous...
— Ça suffit, coupa l'Exécuteur en accélérant sur la large Via della Liberta. Maintenant, c'est moi qui prends les choses en main. A ma façon.
La jeune Claudia n'avait qu'à peine eu le temps d'apercevoir les cadavres de la VW lorsque après la double exécution, il l'avait entraînée vers la Fiat de location en l'obligeant à abandonner sa moto. Mais le choc nerveux avait été rude et la sèche remarque de Bolan acheva de rompre les digues. Elle éclata soudain en sanglots convulsifs et il la laissa pleurer en roulant au hasard. Quand elle fut calmée, il demanda seulement :
— Racontez.
Sa voix sépulcrale s'était à peine réchauffée depuis qu'ils roulaient au hasard dans les rues à peine éclairées de Palerme. Après tout, il ignorait toujours qui était réellement cette Claudia Simoni qui se disait l'amie d'Andy Somek. La

jeune fille se moucha, s'essuya les yeux et soupira :

— Maintenant, ça va. Par quoi est-ce que je commence ?

— Par le début. Quand et comment avez-vous connu Andy, quels étaient vos rapports avec lui, etc ?

— J'ai connu Sandy il y a environ deux mois. Dans un club de moto-cross. Nous sommes sortis plusieurs fois ensemble, mais c'était difficile. Depuis la mort de ma mère, mon père me surveillait très étroitement. Il était carabinier et il n'hésitait pas à demander à ses collègues de m'espionner. Alors, comme je ne pouvais pratiquement pas sortir de chez nous le soir, c'est Andy qui venait me rejoindre.

Elle observa un bref silence avant de préciser avec un regard de défi :

— Dans ma chambre. Il était mon amant.

Un autre court silence, puis :

— Nous veillions seulement à ce qu'il parte avant le retour de mon père. Pour plus de précision, ajouta-t-elle encore, je n'ai que seize ans et Andy...

— Je connais l'âge de Somek, coupa Bolan. Vos affaires de cœur ne me regardent pas. Que s'est-il passé ensuite ?

La jeune Claudia donna l'impression qu'elle allait se remettre à pleurer, mais elle réagit aussitôt et ce fut d'une voix légèrement cassée qu'elle reprit :

— Cette nuit-là, Andy et moi nous étions

endormis. Cela nous était déjà arrivé, mais comme Andy passait par la fenêtre donnant sur la cour, ce n'était pas très grave. Quand mon père arrivait, nous l'entendions et Andy avait toujours réussi à filer sans problèmes.

— Pas cette fois ?

Elle secoua la tête.

— Cette nuit-là, ni lui ni moi n'avons entendu quoi que ce soit. *Ils* ont surgi dans la chambre et... Andy a juste eu le temps de... de me crier de vous appeler.

Elle se tut un instant pour contenir un nouveau trop-plein d'émotions, puis reprit le cours de son récit. Jusqu'à son viol. Là, sa voix s'étrangla franchement et elle acheva dans un souffle :

— L'albinos, celui qui avait cet accent et qui m'a violée, a alors voulu aussi me tuer. J'ignore comment j'ai pu faire ça, mais j'ai réussi à sauter par la fenêtre. Comme Andy avait l'habitude de le faire. Ils m'ont tiré dessus, mais il faisait trop noir et ils m'ont ratée. Ils ne m'ont pas retrouvée. Je connais parfaitement tous les recoins de cet immeuble. Quand j'étais petite fille, j'y jouais à me cacher.

Un temps qui n'était pas si lointain. Bolan insista :

— Et après ?

Elle essuya une larme qui persistait à apparaître au bord de sa paupière, jeta un vague regard au vieux Teatro Massimo de la Piazza Giuseppe Verdi et poursuivit d'une voix éteinte :

— Après, je les ai vus abattre mon père et le collègue qui le raccompagnait en voiture de service, puis ils sont partis en emmenant Andy. J'ignore s'il était vivant ou mort.

Elle frotta une tache imaginaire sur son casque de moto, reprit :

— Ensuite, je me suis enfuie. En chemise de nuit. J'ai sauté sur ma moto et sans comprendre comment, je me suis retrouvée chez une copine de cross. Ses parents sont riches. Ils possèdent des appartements, des studios un peu partout en ville. L'un d'eux était vide. Je m'y suis cachée.

— Pourquoi ne vous êtes-vous pas rendue à la police ?

Elle secoua la tête.

— Je ne sais pas. La panique. Je suis devenue comme folle. La presse a prétendu qu'on m'avait kidnappée. Je n'avais qu'une idée en tête, vous joindre enfin.

L'Exécuteur tourna dans la Via Camilo Cavour, en direction du port et de la station maritime. Il questionna :

— Quand Andy vous a-t-il donné mes coordonnées ?

— Quelques jours avant le drame. Il se sentait surveillé. Menacé. Il me l'a dit et je me suis alors aperçue que j'étais moi-même suivie. Notamment par ce type. L'albinos. Il avait toujours un camescope à la main. Comme un touriste.

— Pourquoi ne pas en avoir parlé à votre carabinier de père ?

Elle haussa les épaules, découragée.

— J'aurais été obligée de trop en dire. J'ai préféré parler de l'albinos à Andy. C'est ce jour là qu'il m'a recommandé de vous appeler en cas de malheur.

Elle hésita, finit par lâcher du bout des lèvres :

— Il m'a dit : « s'il m'arrive quelque chose et que tu te sens en danger, appelle le "Sultan" de ma part. Il t'aidera. »

— OK, fit Bolan. Parlez-moi un peu de cet albinos.

La jeune Sicilienne eut un bref frémissement, leva des yeux encore apeurés vers le profil granitique de l'Exécuteur. Au lieu de répondre, elle demanda :

— J'ai bien fait ? Je veux dire, est-ce que j'ai bien fait de vous appeler ?

Pour la première fois, il lui adressa une ombre de sourire et ce fut d'une voix moins dure qu'il acquiesça :

— Bien sûr, puisque Andy vous a dit de le faire.

Alors enfin, Claudia Simoni parut se détendre un peu. Elle eut un de ces étranges soupirs qui marquent la fin des pleurs d'enfants et sa voix était plus assurée quand elle reprit :

— Cet albinos, je n'oublierai jamais ses traits. Même dans vingt ans, je suis certaine de le reconnaître à coup sûr.

Bolan hocha la tête, amorça un virage serré à gauche et prit la Via Francesco Crispi pour longer les longs bâtiments de la *Stazione Marittima*.

— Quel genre d'accent avait-il, cet albinos? questionna-t-il.

— Genre yougoslave. Ou roumain... ou un truc comme ça. En tout cas, ce n'est ni un Sicilien, ni même un Italien.

Maigre indication. Mais un élément au moins faisait penser à l'Exécuteur qu'il subsistait quand même une microscopique chance de retrouver la trace de l'albinos. Tout simplement parce qu'il pouvait justement avoir très envie de remettre la main sur le témoin accablant qu'était désormais Claudia Simoni.

Pour la tuer.

Il valait donc mieux que ce soit lui qui le trouve avant. Il fallait aussi mettre la jeune fille en lieu sûr. Il s'enquit:

— Je suppose que vous ne savez plus où aller?

Elle se contenta de secouer négativement la tête. Avec son casque rouge devenu inutile sur les genoux, elle offrait l'image même de la désolation. Bien que ne voulant pas le montrer. Il est vrai qu'à seize ans, malgré sa vie privée d'adulte, elle n'était encore guère plus qu'une enfant. Une adolescente terrorisée. Traumatisée aussi.

— D'accord, lâcha Bolan en tournant de nouveau à gauche devant les murs gris de l'immense prison Ucciardone pour remonter la Via Remo Sandron aux pavés disjoints. Je vais tâcher de vous mettre en lieu sûr.

Une autre ombre de sourire avait fugitivement étiré ses lèvres. Il avait sa petite idée sur la question.

*
**

— Mack !

Elle était là, ses grands yeux gris-vert dilatés de saisissement, exactement comme il l'avait conservée dans son souvenir. Avec sa silhouette toute en courbes et en déliés, sa façon un peu déhanchée de se tenir et son casque de cheveux noirs coupés court sur la nuque.

Et belle. Très belle. Peut-être encore plus qu'avant.

Aurélia Gucci.

— Mack !

Elle répétait ce prénom comme pour bien se persuader qu'elle n'était pas le jouet d'une hallucination. Avec, au fond de ses prunelles, comme un peu de cet émerveillement à la fois incrédule et ravi que l'on surprend parfois dans les yeux des enfants au matin de Noël.

— Mack ! Je... je pensais ne jamais plus...

Elle n'acheva pas, ferma les yeux, se laissa aller contre lui, posant sa tête au creux de son épaule, comme ça, les bras ballants et le souffle ténu, juste un peu trop rapide. Alors, là, sur le pas de cette porte où une plaque portait le nom de la jeune procureur, l'Exécuteur se permit un bref entracte dans sa vie faite de violence, de sang et de mort. Sans lâcher le magnum de Moët et Chandon millésimé acheté à prix d'or un peu plus tôt, il entoura les minces épaules de ses bras et sa main libre caressa la nuque gracile en un geste furtif.

— Mack! souffla Aurélia Gucci. Mack, je suis si heureuse!

Aurélia était un de ces êtres rares pour lesquels l'Exécuteur nourrissait parfois une ombre de nostalgie lorsqu'il les évoquait en pensée. Un de ces êtres aussi sur qui son formidable magnétisme d'homme vrai, d'homme total agissait si fort. Parfois jusqu'à la passion. Aurélia Gucci était une petite tranche de son passé. Un épisode de la sombre saga de mort qu'il poursuivait inlassablement. Une brève halte. Près de trois ans plus tôt, elle avait représenté un court instant de repos pour le guerrier solitaire, pour le croisé qu'il était.

Au contact de la main qui lui effleurait la nuque, la jeune femme frémit, ne put empêcher son corps d'épouser plus étroitement encore celui de Bolan et, dans un souffle, elle murmura de sa voix un peu rauque:

— Mack! Je vous ai tant attendu!

Puis elle rouvrit les yeux, aperçut enfin la jeune Claudia sur le palier, marqua un imperceptible recul, avant de soupirer, déjà résignée:

— Je suppose que la *signorina* est avec vous?

L'Exécuteur esquissa une ombre de sourire, détacha doucement la jeune femme de lui.

— Affirmatif.

Aurélia hocha la tête.

— Ne restons pas sur ce palier, dit-elle en les

attirant dans un grand living décoré avec goût. J'allais justement dîner.

C'était vrai. Dans un décroché du salon, une table ronde était dressée avec les couverts pour une personne. Avant que Bolan ne réponde, elle avait déjà agité une clochette. Une sorte de pruneau féminin monté sur de courtes jambes torses fit son apparition. Aurélia exigea de la glace dans un seau pour le Moët et Chandon et donna ses instructions. Le pruneau disparu, Bolan présenta Claudia Simoni, résuma la situation. Songeuse, Aurélia Gucci observait la jeune fille. Après un court silence, elle décréta :

— Vous resterez ici. Personne ne viendra vous y chercher.

— Merci, souffla Claudia.

Aurélia secoua la tête.

— Je fais ça pour Mack.

C'était net. Dès leur première rencontre, l'Exécuteur avait aimé sa manière tranchante de dire les choses comme elle les pensait. Quelque part, elle lui ressemblait. Grâce à elle, il avait de nouveau les mains libres et il pouvait avancer. A condition bien sûr que les indications de Claudia lui permettent de retrouver l'albinos. Sinon, il ne saurait sans doute jamais ce qu'était devenu Andy Somek. Une seule certitude, on ne l'avait enlevé que pour obliger l'Exécuteur à venir à son secours. Une méthode déjà utilisée par les *amici*. Et qui avait failli réussir.

Notamment lors de son blitz en Thaïlande.

A cet instant, les regards de Bolan et de Claudia Simoni se croisèrent. Dans celui de la Sicilienne, il y avait une question. Une question à laquelle il ne pouvait répondre.

Andy Somek était-il mort ou vivant ?

Ni l'un ni l'autre ne le sauraient peut-être jamais.

CHAPITRE IV

— *Si, signore.* Je connais cet homme.

Mack Bolan contint un frémissement d'excitation. Deux jours! Deux jours d'enquête dans tous les points de vente où l'on pouvait trouver des cassettes pour camescope. Deux jours à répéter inlassablement la même description. Celle de l'albinos à l'accent étranger. Incroyable ce qu'une ville comme Palerme comptait de magasins de ce type!

Mais cette fois, c'était peut-être le bon.

— Vous êtes sûr? demanda l'Exécuteur au tranquille colosse ventru, joufflu et rose qui lui faisait face.

Le commerçant hocha sa tête ronde aux cheveux poivre et sel.

— Sûr, *signore*. Même qu'il vient assez souvent. Il possède tout un matériel vidéo, ajouta-t-il de sa voix rauque et grave.

Une bouffée d'espoir gonfla la poitrine de Bolan.

— Vous n'auriez pas sa nouvelle adresse?

Il avait dit être un ami de l'albinos et qu'il l'avait perdu de vue depuis un moment.

— *No, signore.* Ni même son nom. Il vient, il achète et il repart. C'est tout.

Le commerçant commençait à être intrigué. L'Exécuteur préféra rompre.

— Merci, dit-il en gagnant la porte du magasin. Je vais tâcher de le retrouver par l'état civil.

Il émergea dans la Via Polara, évita de justesse une Vespa qui roulait sur l'étroit trottoir et dut littéralement plonger dans sa Fiat de location pour désamorcer les velléités de contravention d'une armée de *carabinieri* heureusement indolents. Il s'installa au volant et mit en route. Le soleil déclinait et teintait de rose les façades déjà ocre. Depuis les pluies de la veille, la chaleur était tombée de plusieurs degrés et il remonta son col de blouson de cuir noir. L'automne se précisait. Bolan descendit la Via Dante dans une circulation d'enfer, tourna à gauche un peu au hasard et se retrouva longeant le parc de la Villa Trabia.

Sa décision fut prise à cet instant. En attendant d'aller prendre livraison de son arsenal à l'aéroport le lendemain soir, il allait monter une petite opération de contrôle.

Juste pour voir.

Il tourna tout de suite à droite, rejoignit la Via Della Favorita qui traversait l'immense parc du même nom. Un secteur beaucoup plus fluide, mais il lui fallut presque encore vingt minutes pour atteindre enfin **Pallavicino** et le petit immeuble biscornu de la Via Malvica où habitait Aurélia Gucci. Il avait surveillé plus de vingt fois son rétro. Pas de filature.

Il faisait déjà nuit, quand il gara la Fiat Via Malvica. Il grimpa les escaliers, frappa selon le code convenu et ce fut Claudia Simoni qui vint ouvrir. Aurélia n'était pas encore rentrée.

— Je crois que j'ai trouvé, lança Bolan à l'adresse de Claudia Simoni.

Il se servit un Hennessy-Glace très léger, lui expliqua les faits et elle hocha la tête avec conviction.

— C'est justement tout près de l'endroit où je l'ai aperçu lorsque je me suis sentie suivie la première fois. Je sais que cela ne signifie pas grand chose, mais c'est peut-être quand même bon signe.

— Peut-être.

Devant l'air songeur de Bolan, elle s'enquit :
— Un problème ?
— Peut-être, répéta-t-il. Tu dis que c'est précisément à cet endroit que tu t'es aperçue être filée pour la première fois ?

Elle haussa des sourcils étonnés.
— C'est ce que j'ai dit. Mais je ne vois pas...
— Moi, je vois peut-être enfin un bout de la ficelle, coupa-t-il.

Dans son regard polaire, un éclair d'intérêt s'était allumé. La jeune fille insista :
— Quelle ficelle ?
— En fait de ficelle, dit-il, sibyllin, il pourrait

bien s'agir en fait d'une véritable corde à nœuds.

— Je ne comprends pas.

Bolan reposa son verre de Hennessy-Glace vide et se leva pour faire quelques pas sur les tapis.

— Fillette, dit-il, toute cette affaire ne pourrait être qu'une vaste magouille. Je veux parler de ta pseudo fuite après le viol, de ta planque secrète et de ton entrée dans la clandestinité.

— Comment cela, ma pseudo fuite !

Déjà, une lueur craintive s'était installée dans les magnifiques prunelles de Claudia.

— Il se pourrait que ta fuite en pleine nuit ait été tout simplement voulue et orchestrée. En clair, il est tout à fait possible qu'on ait veillé à ce que, précisément, tu puisses t'échapper à la suite du viol.

Claudia l'observait, sidérée.

— Mais, balbutia-t-elle, dans quel but ?

— Pour t'obliger à m'appeler au secours.

— Mon dieu !

— Note qu'il ne s'agit que d'une hypothèse. Mais connaissant ton idylle avec Andy Somek, ils ont pu penser que, se sentant traqué, il te confie justement mes coordonnées. La suite est facile à comprendre. Car dans toute cette histoire, la seule chose qui intéresse les anciens employeurs de Somek, c'est d'avoir ma peau.

— Mon Dieu !

Il marqua une pose, s'offrit un petit supplément de Hennessy-Glace, en dégusta une gorgée avant de préciser :

— Sans cette étrange coïncidence sur le lieu de ta filature et celui de mon enquête d'aujourd'hui, je n'aurais peut-être pas vu le piège tout de suite.

— Justement, c'est un peu gros, non ?

Il esquissa une ombre de sourire polaire.

— C'est même énorme. Mais ils n'avaient que ce moyen de s'assurer que je vais désormais aller rôder autour de la boutique en question pour essayer de coincer ton albinos.

— Si j'ai bien compris, entre la mafia et vous, c'est la guerre depuis longtemps. Alors, ils doivent posséder votre signalement précis.

— Exact, fit l'Exécuteur, sentant déjà où Claudia Simoni voulait en venir.

Elle secoua la tête.

— Alors, ça ne tient pas, dit-elle avec un bon sens digne d'un flic aguerri. Si tout ce beau plan avait bien été ourdi comme vous le pensez, ces tueurs de la mafia lancés à vos trousses et qui possèdent forcément votre signalement vous auraient tué dès votre sortie de cette boutique.

— Toujours exact, confirma l'Exécuteur.

— Alors ?

— Alors, cela signifie qu'ils veulent me garder vivant encore un peu. Peut-être dans le simple but de vous retrouver.

— Mon Dieu !

Claudia avait pâli. Elle s'était levée dans un élan et s'était soudain précipitée contre Bolan. Se serrant contre lui, elle murmura d'une voix blanche :

— Mon Dieu, que j'ai peur!

— Tss, tss, sourit l'Exécuteur. Pas de panique. D'abord, j'ai parfaitement vérifié mes arrières, ensuite, je crois que l'idée maîtresse d'un plan aussi tordu vise un tout autre but.

Claudia frémit contre lui et il lui caressa doucement la nuque. Elle frémit de nouveau, se serra davantage, souffla :

— Dans quel but, alors ?

— Ça, dit-il songeur, j'espère bien le savoir un jour. Comme j'espère te ramener Andy.

A cet instant, la porte du salon s'ouvrit et Aurélia Gucci fit son apparition. Superbe. Elle marqua un bref temps d'arrêt en les surprenant ainsi enlacés, puis, adressant un joyeux salut à Claudia qui s'arrachait enfin à Bolan, elle vint ostensiblement déposer un baiser sur les lèvres de ce dernier.

— Tout va bien ? s'enquit-elle ensuite en jetant son sac sur un fauteuil.

— Affirmatif, répondit Bolan. Je te raconterai. Mais avant, j'aimerais que tu m'indiques les coordonnées d'un voyou local.

— Un quoi ? fit Aurélia, effarée.

— Un voyou. Une petite frappe, précisa Bolan. De par tes fonctions, tu dois bien en connaître quelques-uns. Et je veux que celui-là soit un vrai pourri. Genre agresseur de vieillards, violeur, dealer occasionnel, etc. Une petite ordure qui ait aussi un urgent besoin de fric.

— C'est possible, hésita le magistrat en jupons. Mais...

— Tss, tss!

L'Exécuteur avait esquissé son ombre de sourire polaire. Bien que trouvant sa petite idée amusante, il comptait la garder pour lui. Provisoirement.

Jusqu'à ce qu'il ait une certitude.

***

Le téléphone sonna une fois et, de son étrange démarche syncopée, Mr Max quitta la fenêtre où il admirait le tapis de lumières qui s'étalait huit étages plus bas. La nuit, Palerme était plus belle. Plus propre. C'était comme ça que Mr Max la préférait.

Le téléphone se tut et Mr Max s'immobilisa. Il était tout en jambes. Maigre comme un sarment de vigne, avec une tête à faire peur. La caricature parfaite du bandit sicilien de légende. Un visage tanné, anguleux, avec de tous petits yeux très enfoncés dans les orbites. Dans son complet veston de fibranne gris foncé, il avait des allures de croque-mort.

En fait, la mort, c'était le plus souvent lui qui la programmait. C'était son travail. Juste l'organisation. Selon les ordres reçus d'en haut. Toujours par téléphone. Des instructions qu'il répercutait ensuite auprès de types comme Sisco « Albinos » et de quelques autres. Car Mr Max ne mettait plus la main à la pâte lui-même. Après vingt ans de service au sein de la mafia calabraise, il s'était pris une malencontreuse rafale de 9mm dans un genou. Amputé, *on* l'avait muté à Palerme pour monter ce réseau souterrain de spécialistes en coups de mains. Il ignorait qui était ce « *on* », responsable de sa mutation. Il savait seulement que son ancien boss de Reggio di Calabria s'était incliné sans piper. Depuis, il était *caporegime*. Un *caporegime* un peu spécial. Toujours dans l'ombre, tirant les ficelles d'un complexe et mystérieux système qui lui échappait, mais qui le faisait vivre très largement. Tous les mois, une enveloppe en kraft était déposée dans sa boîte aux lettres. Une enveloppe contenant à la fois sa paye et les règlements des « contrats » organisés par lui et qu'il devait faire parvenir aux exécutants. En dollars. Une monnaie beaucoup plus intéressante que la lire.

Le téléphone sonna de nouveau. Une fois, deux fois, trois fois. Mr Max avait traversé le petit salon rococo qui sentait l'encaustique. Mr Max était un maniaque de la propreté. Il cirait ses meubles lui-même et traquait sans cesse le moindre grain de poussière. Il voulait que tout soit propre et ordonné. Y compris la société. Cette société cahotique, turbulente et par trop démocratique qu'il aurait préférée organisée, cloisonnée et soumise à une seule autorité. La seule qu'il admette.

Celle de la mafia.

Il décrocha et une voix d'homme, grave et un peu essoufflée aussi, demanda :

— *Mr Max ?*
— Oui.

Mr Max avait le timbre râpeux et bref. A peine si ses lèvres trop minces et trop sèches avaient frémi. La voix onctueuse reprit :

— *La livraison américaine arrive demain soir. 21 heures 10, à Punta Raisi. Dans une caisse métallique vert de gris portant l'immatriculation suivante...*

Mr Max attrapa vivement un stylo et un bloc sur sa table de salon. Déjà, la voix douce énumérait :

— *U.G.R.I.P. 47893-UPZ.*

Le correspondant se tut et Mr Max déclara :

— C'est noté.

— *Le lot sera enfermé sous-douane pour la nuit, comme prévu. Un seul gardien. A vous de jouer.*

— *Si*, acquiesça Mr Max.

Puis il raccrocha, avant de redécrocher aussitôt pour former un indicatif à Palerme.

— *Pronto !*

La nouvelle voix était rude. Presque brutale. Mr Max se fit connaître et lança dans le combiné :

— Punta-Raisi, 21 h 10.

Suivirent la description du container vert de gris et son immatriculation, et Mr Max acheva :

— Vous savez ce que vous devez faire. Ensuite, appliquez le programme « Albatros ».

Mr Max coupa la communication, alla aussitôt reprendre sa faction à la fenêtre. En bas, le tapis de lumières scintillait de plus belle, mais là-haut, le ciel était maintenant chargé de lourdes nuées grises.

Cette fois, c'était vraiment l'automne. Pas gai.

Mais cette affaire l'excitait. Ça changeait de la routine.

CHAPITRE V

Sergio Barzetta savait exactement ce qu'il avait à faire. Il l'avait appris par téléphone. Un coup de fil d'Amérique! Son beau-frère Gino! Des mois qu'il n'avait pas eu de nouvelles, et voilà que Gino se réveillait soudain pour lui demander un service.

Un sacré service, même!

Rien de moins que soustraire une caisse du fret à la curiosité des douaniers. Enfin, juste son contenu. Un container métallique vert de gris qui faisait partie d'un ensemble en provenance des USA. Un truc à passer un joli petit séjour à la prison d'Ucciardone. Mais Sergio n'avait jamais rien pu refuser à son beau-frère. A cause de l'amour qu'il portait à sa sœur Angela. Une sœur de dix ans sa cadette, qui lui avait brisé le cœur en allant se marier aux Etats-Unis. Avec ce vieux salaud de Gino, qui, dès son retour du Vietnam, s'était dépêché de faire fortune en montant une chaîne de fast-food.

Même pas des pizzas!

N'empêche que maintenant, Sergio Barzetta était bel et bien au pied du mur. Prêt à commettre un acte illégal. Lui qui n'avait jamais barboté que quelques trucs par-ci par-là. Des babioles dont on ne remarquait jamais l'absence dans les cargaisons. Et en quantités minimes. Cette fois, il allait devoir carrément voler par effraction. Et pas n'importe où. Dans le hangar sous-douane! Un local où il était justement habilité à pénétrer pour raisons de service... vu qu'il était censé en assurer la sécurité.

Heureusement, personne ne déposerait la moindre plainte pour vol. Car en fait, il allait voler à la fois pour le compte de l'expéditeur et pour celui du destinataire. Il paraît que c'était un seul et même homme. Compliqué. Mais Sergio Barzetta préférait ne pas comprendre. Ainsi, il aurait l'impression de ne commettre aucun vrai délit.

Seulement, avant son action d'éclat, il devait attendre le coup de fil d'un certain *Dakota*. L'expéditeur-destinataire en question. Car voler le contenu de ce container sans l'assurance que le client allait bel et bien en prendre livraison, c'était plutôt idiot. Alors, dans sa baraque de permanence, Sergio Barzetta rongeait son frein. Il en était même venu à sommeiller légèrement en songeant aux mille vrais dollars américains que ce Dakota allait lui remettre en échange de sa peine. Aussi, quand le grincement léger de la porte résonna sur sa gauche, eut-il un peu de mal à réagir.

Déjà, deux ombres fondaient sur lui.

Sergio Barzetta n'eut même pas le temps d'avoir peur. Il sentit vaguement un contact glacé sur sa tempe, perçut une sorte d'explosion assourdie et ressentit aussitôt un formidable choc qui lui donna l'impression que son crâne explosait.

Ce qui était parfaitement exact.

Sergio Barzetta était déjà complètement mort et sa cervelle éclaboussait abondamment les murs gris de la cabane, quand une main anonyme arracha le trousseau de clés accroché à sa ceinture.

Au même instant, le téléphone se mit à sonner.

*
**

— *Shit!*

Mack Bolan raccrocha le combiné en fronçant les sourcils. Il avait recomposé le numéro du gardien de dépôt à trois minutes d'intervalle. Toujours sans réponse. Pourtant, le matin même et de chez lui, Barzetta en personne lui avait assuré par téléphone qu'il ne bougerait pas de son poste avant son coup de fil. Un appel que Bolan avait décidé de donner juste avant sa prise de livraison, directement de l'aéroport.

Il avait vu arriver le 747 Cargo et avait même assisté de loin au déchargement de ses soutes. Pour un peu, il aurait même pu aller récupérer lui-même le container gris-vert qu'il s'était expédié de New York juste avant de partir, et que

Jack Grimaldi s'était chargé de faire réceptionner par ce Barzetta. Le beau-frère d'un de ses innombrables anciens compagnons de lutte au Vietnam. Les éternelles combines de l'ancien pilote de la mafia. Un allié précieux, Jack Grimaldi. Pas son pareil pour piloter tous les types d'hélicos. Dans n'importe quelles conditions. Un kamikaze. Mais un kamikaze qui tenait quand même à sa peau et dont le complexe réseau d'amis dans le monde entier était très utile aux missions extérieures de l'Exécuteur.

Un réseau qui allait encore servir ce soir.

Si ce Barzetta consentait enfin à répondre. Bolan recomposa le numéro, laissa passer dix sonneries avant de raccrocher de nouveau. De plus en plus indécis. Et soucieux. Dans ce container, il avait lui-même chargé de quoi mener une vraie nouvelle petite guerre sicilienne. Armes automatiques et munitions, grenades défensives US, quelques pains de plastic et divers autres joujoux bien innocents, tels qu'un lance-missiles antichar LAW (Light Antitank Weapon) et quelques tubes-charges de rechange. De quoi faire sauter n'importe quel mur en béton. Sans compter bien sûr la mini-Uzi, le sinistre Beretta 9 mm et le terrible Auto-Mag 44 de rigueur. Il ne manquait que le char de guerre. Mais hélas, depuis quelque temps, faire passer à l'étranger la formidable force de destruction qu'il représentait devenait de plus en plus délicat. Trop de contrôles. Même au sein des bases OTAN. Alors, l'Exécuteur devrait faire avec le minimum.

Un minimum tout de même capable de faire beaucoup de misères à la mafia locale. Surtout manipulé par des mains d'expert.

Et l'Exécuteur était un expert.

Seulement, le téléphone ne répondait toujours pas. Bolan n'hésita que quelques secondes. Il avait déjà repéré les entrepôts en contournant l'aéroport à son arrivée. La zone sous douane se trouvait sur sa gauche. Tout au bout d'un complexe de baraquements bas et laids, à l'opposé de la zone usagers. Un secteur entièrement entouré de grillages comme tout le reste des installations, mais trente mètres au-delà, une double grille permettait l'accès des véhicules autorisés.

La Fiat de location n'avait pas ce privilège, mais l'Exécuteur ne songeait pas s'en servir. Il quitta le hall des arrivées, sauta dans la Fiat, contourna les bâtiments par la gauche et roula environ cent mètres sur une voie au béton mal entretenu, avant de ralentir à un angle du grillage de clôture. Juste derrière deux baraques mobiles d'un chantier d'entretien. Prudent, il avait éteint ses lanternes, mais tout le secteur semblait parfaitement tranquille. Il fit encore avancer la Fiat de quelques mètres, la stoppa aussitôt.

Là-bas, à peine éclairée par la lumière diffuse des réverbères de la zone fret, une voiture sombre attendait. Juste devant les grilles. Une Mercedes noire. Ou marine, ou gris sombre. Tous feux éteints. Mais il y avait un homme au volant et Bolan distinguait son coude appuyé sur le rebord de la portière.

Etonnant.

La nuit, les dépôts étaient en principe fermés au monde extérieur et cette voiture non éclairée ne disait rien de bon à l'Exécuteur. Question d'instinct. Et d'habitude.

Bien sûr, cela pouvait être n'importe qui. Après tout, le nommé Barzetta pouvait pratiquer avec d'autres ce qu'il devait faire avec Bolan. En Sicile, tous les trafics avaient cours et rien ne pouvait plus étonner le guerrier solitaire. Seulement, il y avait coïncidence. Deux affaires clandestines organisées dans la même tranche horaire, c'était plutôt risqué. Pas le fait de professionnels. Donc, méfiance. Il recula doucement la Fiat entre deux baraquements du chantier, glissa le Webley dans l'étui de ceinture de la sinistre combinaison noire, le 45 dans celui qu'il avait fixé à son épaule et, muni d'un poignard de commando US acheté la veille, il quitta la Fiat pour se fondre dans l'obscurité.

Première chose, s'assurer qu'il n'y avait personne d'autre dans la Mercedes. On avait déjà vu des *amici* fatigués dormir à l'arrière d'une voiture. Silencieux comme un fauve en chasse, l'Exécuteur contourna le véhicule par l'arrière droit, profita de l'angle mort du rétro pour glisser un bref regard sur la banquette arrière. Personne. A son volant, le chauffeur n'avait pas bronché. Un vrai flingueur. Avec des épaules de débardeur, un crâne recouvert d'une casquette en toile camouflée, style renard du désert et des mains larges comme des battoirs. Il avait coincé un reste de cigare éteint au coin de sa bouche et il le suçotait avec des petits bruits mouillés écœurants. L'Exécuteur lança un regard alentour, nota qu'un des vantaux de la grille d'accès à la zone fret était entrouvert et qu'il y avait de la lumière à la fenêtre d'un baraquement situé à l'angle d'un grand hangar. Sans doute le QG de Barzetta. Mais alors qu'il allait de nouveau contourner la Mercedes pour trouver une planque plus discrète, il entendit un léger raclement sur sa droite et une silhouette contourna l'angle du baraquement. Un civil. Avec un PM en main. Genre Franchi L.F. 57 9 mm Parabellum à crosse métallique pliante. Au même instant, la porte de la baraque s'ouvrit et deux types en sortirent. Bolan eut la vision fugitive d'un flingue qu'on remisait sous une veste, entendit tinter un trousseau de clés et l'inconnu au Franchi envoya un éclair de lampe de poche en direction de la Mercedes, avant de venir ouvrir la grille. Faisant corps avec la malle arrière de la Mercedes, l'Exécuteur vit alors que la serrure du vantail avait été forcée et qu'elle pendait sur le côté.

Gros à parier que Barzetta avait des ennuis.
— Si on vient, lança le type au Franchi à l'adresse du chauffeur, tu klaxonnes. Si tout va bien, tu rappliques quand je donne trois coups de lampe. Pas envie de coltiner la caisse jusqu'ici.

Le chauffeur émit un vague grognement. Aussitôt, laissant les battants grillagés du portail ouverts, le type au Franchi repartit et disparut à la suite des deux autres. Direction le grand hangar.

L'Exécuteur décida de passer à l'action. Toujours ramassé au ras du sol, il contourna la Mercedes par la gauche, se redressa comme un ressort lorsqu'il fut à la hauteur de la portière avant.

— Pas bouger, pas crier, ordonna-t-il de sa voix glacée d'outre-tombe.

La lame de son poignard de commando était juste appuyée au-dessus de la pomme d'Adam du costaud. Ce dernier émit une sorte de couac et sa main droite esquissa un mouvement vers l'intérieur de sa veste.

— Tss, tss! fit l'Exécuteur. Sur le volan, les mains.

Le balèze hésita une seconde, finit par obéir en grinçant malgré la lame:

— C'est le genre de connerie que tu pourrais regretter, connard!

Un vrai dur. Bolan le soulagea d'un superbe Python 357 Magnum tout neuf, au canon de quatre pouces à bande ventilée. En le glissant dans sa ceinture, il esquissa une ombre de sourire polaire pour déclarer:

— Tu pourrais bien ne plus être de ce monde pour voir ça. Par exemple si tu ne réponds pas bien à ma première question.

— Va te faire...

L'Exécuteur avait légèrement appuyé sur la lame du poignard. Tout en exerçant un petit mouvement latéral. Rien de tel pour faire réfléchir. Le type se tut instantanément. Il avait senti la petite brûlure caractéristique de l'acier entamant la peau. Bolan insista aussitôt :

— Que font tes trois copains ?
Silence.
— On n'a plus que deux minutes. Je te donne trois secondes.
Silence.
— Un...
Silence.
— Deux...
Toujours le silence. Mais la pomme d'Adam du type jouait à l'ascenseur et une pellicule de transpiration faisait maintenant briller son front.
— Trois... dommage pour toi.
— Ils sont venus chercher une caisse consignée sous douane !

Le costaud avait lâché ça d'une voix étranglée. Comme si la lame avait entamé son larynx. L'Exécuteur poussa aussitôt son avantage :

— Quel genre de caisse ?
— Je sais pas. On nous a juste fourni son immatriculation.
— Annonce.
— Je...
— Vite !
— C'est que je m'en souviens pas bien ! Je... je suis que le chauffeur, moi !

Avec un 357 Magnum en guise de clé de contact.

— Vite !

— Je... un truc comme... U.G.R.I. ou U.G.R.I.P. 47800 et quelque chose, suivi de trois lettres. Avec un Z à la fin.

L'Exécuteur l'aurait parié. Mais il se demandait comment les *amici* avaient pu connaître l'existence de sa cargaison logistique. Seuls Jack Grimaldi et son ami Gino... énigme à éclaircir. Il interrogea :

— Pour qui bossez-vous ?

Sûrement pas pour la police. Le pourri hésitait. L'Exécuteur dut lui rappeler qui tenait le couteau.

— Sisco ! lâcha précipitamment le chauffeur. On travaille pour Sisco. Azel Sisco !

— Précise.

Déglutition pénible du costaud, puis :

— C'est... c'est un peu spécial. C'est toujours lui qui nous contacte. On sait rien de lui. Même pas son adresse, même pas pour qui il travaille ! Des fois il est sur un coup avec nous, des fois on bosse sans lui.

Le chauffeur n'avait pas l'air de mentir. Trop peur. Superbe modèle de cloisonnement. Si la camora se mettait à utiliser des méthodes de barbouzes...

— Et le vigile, Barzetta, qu'est-ce qu'ils en ont fait, tes copains ?

Nouveau silence. Un silence très significatif. Les petits yeux de rat du flingueur-chauffeur bougeaient sans cesse. Comme s'ils cherchaient du secours. L'Exécuteur avait déjà compris. Au sein de *L'Organized Crime,* on ne s'embarrassait pas de témoins. Le pauvre beau-frère du pote de Jack Grimaldi avait payé son tribut sanglant à la cause pourrie de « l'honorable société ». Ecœurant. Il soupira, insista :

— Qu'est-ce que vous deviez en faire, de cette caisse ?

— La livrer.

— A qui ?

— J'en sais rien ! Parole !

Il ne mentait pas.

— Qui le sait ?

— Personne... je veux dire, on devait le savoir une fois l'opération réussie.

— Comment ?

— C'est Jeff qui devait appeler le boss. Je veux dire... Sisco.

L'Exécuteur tiqua.

— Tu m'as dit que vous n'aviez pas les coordonnées de ce Sisco.

— C'est vrai, c'est vrai ! paniqua le mafioso. Jeff devait l'appeler dans une cabine.

Bolan hocha la tête.

— C'est lequel, Jeff ?

— Jeff Grazzo... je veux dire... Grazziani. Celui qui est venu me dire d'attendre avant d'entrer. Parole !

Nouvel acquiescement de l'Exécuteur. Inutile d'essayer d'en savoir davantage, le chauffeur s'était entièrement déboutonné. Il ordonna :

— Sors.
— Hein ?
— Descends de bagnole !

Bolan s'était reculé. Dans sa main, le Colt 45 muni du réducteur de son avait remplacé le poignard. Le pourri hésita, finit par céder.

— Passe à l'arrière, ordonna encore l'Exécuteur.

N'y comprenant plus rien, l'autre obéit encore. Mais il s'était à peine laissé aller sur la banquette arrière que le Colt tressautait dans le poing de l'Exécuteur.

C'était un très bon réducteur de son. A peine si le « flop » qu'il laissa filtrer fut plus sonore que celui d'une bouteille de Moët et Chandon. En moins joyeux. L'ogive brûlante de 11,43 avait perforé la poitrine du pourri, faisant éclater le cœur... ou ce qui en tenait lieu. Le flingueur ouvrit une bouche énorme et, tandis qu'il s'affalait en arrière, ses petits yeux de rat semblaient poser une ultime question. Comme s'il se demandait à qui il devait cette mort qui venait de le frapper.

L'Exécuteur rafla la casquette « renard du désert », s'en coiffa, tassa le cadavre sur le plancher, referma doucement la portière arrière et s'installa au volant.

Une minute plus tard, un éclair de lampe torche crevait la nuit.

Le 45 à portée de la main, l'Exécuteur mit le contact et démarra aussitôt. Toujours tous feux éteints, comme l'avait souhaité le nommé Jeff.

La Mercedes passa le portail, mit directement le cap sur le phare improvisé que constituait la lampe de poche. Lorsqu'elle croisa son faisceau, Bolan rentra la tête dans les épaules. Prêt à tout. Heureusement, le type abaissa la lampe pour éclairer la grosse cantine métallique vert de gris posée à ses pieds. Au passage, l'Exécuteur nota qu'il s'agissait bien de la sienne, vit le type au Franchi refermer la porte du hangar. Pendant ce temps, les deux autres avaient déjà ouvert le coffre de la Mercedes et ils y firent basculer le lourd container.

— Merci, les gars.

Ils n'avaient pas encore refermé le coffre que l'Exécuteur venait de se matérialiser devant eux. Tel un cauchemar, le bras armé près du corps, immobile.

Tétanisés, les deux pourris n'eurent pas le temps de comprendre. Il y eut deux « flops » très rapprochés, deux éclairs et les crânes des deux *soldati* éclatèrent sous les terribles impacts. L'un d'eux s'ouvrit comme une pastèque sous un coup de machette et des choses grises giclèrent, accompagnées par des flots de sang qui tachèrent la belle carrosserie de la Mercedes. Sous le choc, le type fut propulsé en arrière, s'écroulant contre son co-exécuté et ils tombèrent tous les deux sur le béton craquelé qui buvait leur sang. A cet instant, rapide comme un singe malgré son épaisse corpulence, le pourri au Franchi avait bondi de côté en lâchant sa lampe de poche qui s'éteignit au sol.

Déjà, il avait tourné le court canon du PM dans la direction de l'Exécuteur. Mais ce dernier avait deviné sa réaction et anticipé le mouvement. Plus rapide encore, il avait appuyé une troisième fois sur la détente du 45.

A dix mètres de là, le type au Franchi poussa un cri, lâcha le PM qui tomba avec un bruit métallique. Il fit un demi-tour sur lui-même en se tenant de la main gauche le bras qui avait porté le Franchi. Quand il s'arrêta pour faire de nouveau face à l'Exécuteur, du sang coulait entre ses doigts crispés et il haletait de douleur. Il y avait de quoi.

La 11,43 lui avait fait éclater le coude.

D'ailleurs, la souffrance devait être trop forte. Bolan le vit soudain fléchir sur ses jambes et il se laissa lentement tomber sur les genoux. Dans le maigre éclairage de la zone fret, son teint livide faisait une étrange tache plus claire. L'Exécuteur s'approcha sans hâte, posa délicatement le canon brûlant du 45 sur sa tempe et questionna :

— C'est bien toi, Jeff ?

L'autre grogna quelque chose d'indistinct qui pouvait passer pour un acquiescement. C'était une sorte de poussah au faciès transpirant et aux yeux globuleux. Bolan l'obligea à se relever pour lui rappeler de sa voix glacée d'outre-tombe :

— N'oublie pas ton coup de fil à Sisco.

Il désignait la baraque du vigile où brillait toujours la lumière.

Ahanant sous les terribles élancemênts de son coude broyé, le pourri se laissa pousser en avant par le canon du 45. Il n'y comprenait plus rien. Tout allait trop vite. Dans la cabane, le spectacle était atroce. Le pauvre Barzetta n'avait pratiquement plus de tête. Il lui manquait toute la calotte crânienne qui s'était vidée d'une partie de la cervelle, et bizarrement, bien que les globes oculaires n'aient reçu aucun projectile, l'œil gauche manquait. Volatilisé. Du Grand Guignol.

— Téléphone, ordonna Bolan. Vite.

Brisé, Jeff Grazziani lâcha son coude blessé pour s'emparer du combiné et composer un numéro que Bolan mémorisa aussitôt en prenant l'écouteur. A l'autre bout du fil, une sonnerie aigrelette retentit deux fois, avant qu'une voix aux accents croassants ne s'élève :

— *J'écoute.*

— C'est Jeff, patron, parvint à articuler à peu près normalement le flingueur. On a le colis.

— *Bene*, fit la voix de corbeau. *Livraison dans la nuit de demain, à deux heures du matin précises. A Isola delle Femine, aux entrepôts CANALI. Tu demanderas un certain Sassa et c'est à lui que tu remettras le colis.* A lui seul.

Il y eut un déclic, puis la tonalité. Le mystérieux Sisco avait raccroché. L'Exécuteur fit signe à Jeff d'en faire autant, lui indiqua la chaise aux pieds de laquelle le corps du vigile s'était écroulé. Le pourri s'y laissa tomber en grimaçant et toujours implacable, Bolan le questionna à propos de Sisco, obtint les mêmes réponses qu'avec le chauffeur. Il changea de sujet :

— Tu connais le contenu de cette caisse ?

Jeff Grazziani secoua négativement sa grosse tête. L'Exécuteur insista :

— Si je comprends bien, Sassa, tu ne l'as jamais vu ?

Nouvelle dénégation muette.

— Et ses entrepôts, tu y es déjà allé ?

— Non.

Bolan s'en était douté. Dans cette étrange affaire, le principe du cloisonnement jouait parfaitement au sein de la camora. Le pourri ne pouvait plus rien lui apprendre et il avait déjà l'air ailleurs. Comme s'il venait d'un coup de perdre toutes ses illusions. Il était si livide, si torturé par la souffrance que l'Exécuteur eut presque pitié de lui. Il le lui prouva aussitôt. A sa façon... d'une 11,43 en plein milieu du front.

Sergio Barzetta était vengé.

L'Exécuteur ignorait encore qu'il venait aussi de commencer à venger Claudia Simoni et les siens.

CHAPITRE VI

— C'est lui!

Dans ses jumelles de campagne, Mack Bolan l'avait vu aussi. Bien avant Claudia Simoni. Question d'instinct et d'habitude. Longue silhouette décharnée, avec ses maigres cheveux blancs en pelade, sa face anguleuse rongée de plaques rouges et ses sourcils décolorés.

L'albinos.

Mais l'Exécuteur avait aussi vu les autres. Avec beaucoup de mal, il avait fini par localiser les divers éléments de cette toile d'araignée qu'ils avaient tissée tout autour du magasin dans lequel l'albinos venait d'entrer. Une véritable armée. Cela allait du vendeur de cigarettes de contrebande à l'automobiliste arrêté en double file, en passant par le préposé au parking « sauvage » du Corso Finocchiaro tout proche. Une imposante souricière dont le but ne pouvait faire de doute.

Ils étaient là pour lui.

Tout ceci, depuis l'enlèvement d'Andy Somek

en passant par le viol de la jeune Claudia Simoni n'était qu'un piège. Un beau scénario comme la mafia pouvait en monter parfois sous l'impulsion d'un boss un peu plus intelligent que les autres. Cette fois, la mécanique était plus complexe. Presque trop. Comme si *on* avait voulu que le gibier l'évente pour mieux la déjouer.

Dans quel dessein ?

Bolan n'était encore sûr de rien, mais il pressentait quelque chose de plus vicieux encore. En découvrant cette armada planquée un peu partout à l'attendre, en humant cette atmosphère de rue comme un fauve en chasse, il avait le sentiment diffus de ne voir que la partie émergée de l'iceberg.

Il y avait autre chose.

D'abord, il y avait cette impression étrange de « non vrai danger ». Comme si le piège n'était pas tendu pour le tuer. Du moins, pas maintenant. Pas ici. Comme s'il avait été placé là dans l'unique but...

De le rabattre !

C'était ça ! Tous ces figurants n'étaient que des rabatteurs ! Chargés de bien baliser le parcours et de veiller à ce que lui, Bolan, ne s'égare pas en chemin. Afin qu'il fasse quelque chose de précis. Et ce quelque chose, le stratège qu'était l'Exécuteur commençait à l'entrevoir. Une ombre de sourire glacé étira une seconde ses lèvres et un éclair d'intérêt fulgura dans ses prunelles à l'éclat minéral. S'il voyait juste, le cerveau qui se servait de la camora sicilienne pour édifier ce scénario était sacrément tordu. Et très intelligent. Le cerveau d'un vrai *capo*. Mieux ; celui d'un authentique *Don*. Un big-boss doublé d'un joueur d'échecs. Car au lieu d'essayer de profiter tout de suite de ses éventuelles chances, *il* préférait prendre le temps de disposer ses pions selon un ordre établi à l'avance. Pour être sûr de gagner.

Et pour gagner à sa façon.

A la façon du *Protector* !

L'ombre de sourire glacé réapparut sur la face de l'Exécuteur. Maintenant, il commençait vraiment à s'amuser. Car à mesure que défilaient dans sa mémoire les événements survenus depuis son blitz thaïlandais, depuis que les éléments de cette affaire sicilienne prenaient leur vraie place dans son raisonnement, il comprenait de mieux en mieux.

Restait à vérifier.

Restait aussi à ne pas tomber dans le piège final. Dans le dernier et vrai piège que lui avait d'ores et déjà tendu le *Protector*. Car c'était *lui*. *Lui* seul pouvait désirer à ce point l'amener à merci en le faisant tomber lui-même dans le piège. Bolan en était à présent convaincu. Il ne lui manquait qu'un élément, mais c'était une inconnue de taille.

Il ignorait où se trouvait le *vrai* piège en question.

— Qu'est-ce qu'on fait ?

Rencognée contre le dossier de l'Autobianchi

de location qui remplaçait la Fiat devenue trop repérable, la jeune fille tremblait nerveusement. Il y avait de quoi. Le type qui venait de pénétrer dans la boutique était cette ordure qui avait kidnappé son amant, fait massacrer sa famille et qui l'avait violée.

— Qu'est-ce qu'on fait !

Claudia devait ruminer des tas d'idées de vengeance.

— Rien, dit l'Exécuteur. On ne fait absolument rien.

— Quoi ?

Elle avait littéralement bondi sur son siège et le considérait comme s'il était devenu fou. Il lui fit alors découvrir les diverses pièces du piège qui les attendait et elle en resta sans voix. Blanche de peur. Bolan la rassura aussitôt, insista :

— Nous sommes ici pour deux raisons très précises, Claudia. Vous, pour que vous puissiez identifier l'albinos, moi, pour vérifier le bon fonctionnement de mon leurre.

— Votre quoi ?

Il lui tendit les jumelles, lui désigna une moto arrêtée beaucoup plus loin, sur le trottoir, à l'angle du Corso. Accroupi près d'elle, un type casqué d'un intégral avait l'air de bricoler quelque chose.

— Ce motard n'est qu'une partie du petit système que j'ai mis en place dans le secteur, renseigna-t-il. Un certain Vicco. Lui et sa bande de minables arracheurs de sacs à main vont désormais suivre votre albinos jusqu'à son terminus.

Il désigna de nouveau le « bricoleur ».

— Vicco, c'est lui, dit-il. C'est leur chef. Celui que j'ai pu contacter grâce aux renseignements fournis par Aurélia. Un sombre voyou. Une petite ordure capable de vendre père et mère, mais un malin. Leur spécialité, filocher les gens après leur sortie des banques où ils sont allés retirer des espèces, afin de les agresser sur le chemin du retour. Une organisation bien rodée et très efficace. Au moins douze motos, scooters et autres vélomoteurs. Ils vont ainsi se relayer tout au long de leur filature. Un système quasiment indétectable.

Il montra de nouveau le piège des *amici*, précisa :

— Ceux-là n'y verront que du feu. Ils vont croire que je ne suis pas venu et programmeront une autre souricière. Pour rien. Ils auront déjà un train de retard.

— Pourquoi ne pas avoir plutôt fait appel à un professionnel ? questionna Claudia. Un détective privé aurait sans doute eu plus d'expérience.

L'Exécuteur secoua la tête. Il se souvenait de son récent blitz à Istanbul. Les privés, c'était fragile.

— Trop dangereux, renvoya-t-il. Ces pourris ne plaisantent pas. S'ils avaient découvert un détective dans leur combine, ils ne lui auraient laissé aucune chance. Si cette crapule de Vicco se fait coincer, ce ne sera que justice.

Elle leva sur lui un regard à la fois fasciné et craintif, garda le silence un moment avant de questionner encore :
— Vous croyez que ça va marcher ?
— Je l'espère.
Si son petit leurre fonctionnait.
— Le revoilà !

L'albinos venait effectivement de ressortir de la boutique. Un paquet sous le bras, il remontait tranquillement la Via Polara. Sans le moindre regard de côté, parfaitement détendu. Ou il ignorait la présence de ses « collègues », ou il possédait des nerfs d'acier.

Sur la face de l'Exécuteur, l'ombre de sourire glacé était réapparue. Il penchait pour le premier cas de figure. Bien dans les manières du *Protector*. Maintenant, l'albinos montait dans une Regata qui avait connu des jours meilleurs et dont l'Exécuteur nota mentalement l'immatriculation. Le véhicule déboîta, passa devant le motard « bricoleur » qui, contrairement à ce qu'aurait pu imaginer tout guetteur moyen, ne broncha pas. En revanche, juste à l'angle du Corso et de manière beaucoup moins évidente, une mobylette débouchait devant la calandre de la Regata. Suiveur ou pas... Bolan ne chercha même pas à le savoir. Dans ce mic-mac, il était sûr d'une chose ; Vicco et sa bande ne lâcheraient plus leur proie.

Deux mille dollars, c'était mieux qu'un sac à main.

— Vous avez le fric?
— Tu as le renseignement?

L'Exécuteur avait stoppé l'Autobianchi à l'angle de la Via Salvatore Corleone et de la Via Emiro Giafar. En pleine zone industrielle de Brancaccio, juste le long de la voie ferrée. Un crachin gras et serré s'était mis à tomber et cela formait un halo irréel autour de l'unique réverbère resté en service. Un lampadaire situé très loin du point de contact préétabli entre Bolan et Vicco. Les lampes de tous les autres avaient été brisées et l'Exécuteur soupçonnait fort le voyou d'y être pour beaucoup.

Question de discrétion.

Comme il était sûr que ceux de sa bande étaient planqués dans le secteur. Prêts à le canarder en cas d'embrouille. Mais l'Exécuteur n'avait pas l'intention de doubler Vicco. Simplement, avec le fric, il avait aussi emporté le terrible AutoMag 44, dont la crosse massive apparaissait entre les pans de l'imper gris qui recouvrait la sinistre combinaison noire.

Une crosse que Vicco avait aperçue.

Il tenta un sourire torve qui plissa sa face anguleuse et mangée par une barbe de trois jours, lança un regard sur le côté comme pour se rassurer et déclara:

— Je l'ai, le renseignement.

Il avait l'air plus fier que s'il avait pillé la Banque d'Italie. Bolan le doucha de sa voix d'outre-tombe:

— Accouche. Tu auras le fric après.

— Montrez-le.

Têtu, le voyou. Mais c'était de bonne guerre. Surtout avec la présence des autres autour. Un chef devait rester un chef. Dans un même mouvement, Bolan avait posé la main droite sur la crosse de l'AutoMag et brandi une liasse de la main gauche. Il la plaça dans le faible rayon de lumière et ses doigts habiles firent défiler les billets à la manière d'un prestidigitateur. Cela fit un petit bruit crissant qui alluma des lueurs sauvages dans les prunelles sombres du voyou. Le douchant de nouveau, l'Exécuteur prévint :

— Pas de conneries, petit. Et pas de mensonges.

L'atmosphère se tendit un peu plus. Vicco avait conservé son sourire torve et ce dernier s'était figé en un rictus franchement laid.

— OK, lâcha-t-il enfin d'une voix éraillée. L'albinos, il s'appelle Sisco. Azel Sisco. Un yougo ou un truc comme ça. Il crèche au n° 3 de la Via Forni, derrière la Piazza Vittoria.

Il ricana sombrement, précisa :

— Le quartier vous plaira. Plein de putes et de rats. Avec peut-être un petit avantage pour les gaspards.

— Je sais, fit Bolan. J'en viens. Sisco habite au dernier étage. Sur la terrasse.

C'était vrai. Grâce au numéro de la Regata relevé Via Polàra, Aurélia Gucci lui avait procuré les coordonnées de l'albinos. Sisco. Le mystérieux boss du gros Jeff Grazziani et des autres. Le monde du crime était à la fois vaste et petit. Fort de cette découverte, il était allé reconnaître le secteur. Juste avant son rendez-vous.

Le voyou avait ravalé son rictus.

— Vous... mais... pourquoi, alors?

Il désignait la liasse de dollars toujours dans la main de l'Exécuteur. Ce dernier esquissa son ombre de sourire polaire pour déclarer de sa voix sépulcrale :

— Un contrat est un contrat. Tu as fait le boulot, je paye. J'avais donné ma parole.

Il lança la liasse de dollars au voyou et l'atmosphère se détendit enfin. Mais Vicco l'observait toujours avec cette expression mi-figue, mi-raison. Dans son milieu, la parole donnée..

— Bon, dit-il enfin. Si vous avez encore besoin de moi, vous savez où me trouver.

L'Exécuteur espérait bien que non. Vicco était le genre d'associé qu'il avait toujours eu envie de flinguer. Il laissa le voyou disparaître, regagna l'Autobianchi et démarra aussitôt dans le crachin gras. C'était une triste nuit. Une nuit qui sentait la mort et le sang.

Une nuit qui ne faisait que commencer.

CHAPITRE VII

L'immeuble d'Azel Sisco était étroit, laid, crasseux et délabré. La peinture de la façade s'en allait en lambeaux et on avait l'impression qu'elle menaçait d'entraîner le mur avec elle. Dans ce quartier populeux de Palerme, situé entre la Villa Bonanno et la Via Maqueda, les étroites ruelles en pente sentaient le caniveau gras, la sauce tomate, le poisson et l'ail. Aux fenêtres où le soleil n'arrivait jamais, des étendards de linge pendaient tristement dans la bruine. Par-dessus le concert des télés, des radios, les cris d'enfants et ceux des mamas. Toute une ambiance. Il était près de 23 heures et personne ne semblait dormir. C'était la Sicile. Dans l'ombre des portes basses, des silhouettes s'inscrivaient, furtives, comme coupables. Parfois, un rougeoiement de cigarette trouait l'obscurité, un appel discret ou un gloussement fusaient.

L'Exécuteur avait laissé l'Autobianchi de location Piazza Vittoria avant de se glisser à pied dans le sombre dédale. A Palerme, il y avait plus de voitures que d'habitants, et les ruelles de cette partie de la ville étaient trop étroites pour une retraite éventuelle en catastrophe. Toujours prévoir ses arrières.

— *Buona sera, amor.*

A peine si Bolan avait entendu venir la fille. A la chiche lumière d'une lampe entre deux façades lépreuses, il distingua un visage humide de crachin et trop maquillé, un regard racoleur, un sourire livide entre des lèvres rouge sang. Une pute. Belle et vulgaire. Pas plus de dix-sept ans. Son mac qui ne devait pas être loin n'était sans doute guère plus vieux. La crème palermitaine.

— Je te fais le grand jeu, souffla la fille. Pour vingt mille lires.

Elle sentait le parfum de bazar et s'accrochait à son bras. Il secoua la tête.

— Dix mille, alors. Mais sans film, insista-t-elle.

Elle l'aguichait d'un regard en biais. Avec sa pose déhanchée, sa jupe symbolique en faux cuir noir, un tee-shirt blanc quatre tailles trop petit qui dévoilait neuf dixième de ses seins pointus, elle incarnait la pute dans toute l'acception du terme. Bolan demanda:

— Quel film?

Elle eut un rire de gorge.

— Pas vrai? *Amor!* Tu sais pas? C'est le Yougo. Un albinos! Des fois, j'emmène le client chez lui et il nous filme en vidéo pendant qu'on baise. Y en a que ça excite. Tu veux essayer? Juste dix mille. Mais tu payes le film.

Elle devait gagner pas mal de fric, avec sa combine. Bolan lui envoya une esquisse de sourire froid, s'arracha à son étreinte. Il passa devant l'immeuble de Sisco, tourna dans la Via Castro, parcourut une vingtaine de mètres, avant de revenir sur ses pas. Par la Via Tardia, il retrouvait l'arrière de l'immeuble. Il l'avait fait plus tôt dans la soirée, avant son contact avec Vicco. Itinéraire de reconnaissance qui lui avait permis de repérer le couloir, puis, à droite, l'amorce d'un étroit escalier.

L'Exécuteur consulta sa montre : 23 heures passées. Il laissa s'écouler quelques minutes, parcourut les derniers mètres de venelle, vérifia ses arrières et pénétra dans le couloir malodorant. Il déboutonna son imper trempé, laissa le haut col doublé de laine relevé pour récupérer la pluie qui gouttait de ses cheveux. Puis ouvrant davantage la gabardine grise, il apparut dans la sinistre combinaison noire. Le Beretta 9 mm dans son étui d'épaule, l'AutoMag dans celui de ceinture. Il prêta l'oreille, mais on n'entendait que le son des télés, les bruits de vaisselle et les pleurs aigus d'un bambino coléreux.

Alors, il commença à gravir l'escalier.

Sisco « Albinos » avait mal à la tête. Très mal. Au point qu'il avait dû plusieurs fois se la plonger dans le lavabo plein d'eau chaude. Pour faire monter le sang. Un truc qui lui réussissait toujours. Sauf cette fois.

Etonnant.

Doté d'une résistance à toute épreuve, Sisco avait l'habitude des foires à base de sexe, d'alcool et de haschich. Comme la nuit passée. Mais cette fois, il avait eu affaire à deux jeunes vicieux. Une fille et son petit copain. Pas trente-cinq ans à eux deux. Le gamin n'avait sûrement pas plus de quinze ans et la fille atteignait tout juste les seize. Des voyous qui faisaient la manche pour s'acheter leurs doses. Bien sûr, Sisco les avait payés un peu. Il leur avait même fourni quelques lignes de coke. Deux rails chacun. Ensuite, ils avaient fait tout ce qu'il avait exigé. Surtout la fille. Une vraie cinglée de la culbute. Elle avait voulu faire ça à trois et être filmée sur toutes les coutures. Y compris en gros plan.

Alors, Sisco s'était déchaîné.

Au petit matin, il avait appris le sort de ses flingueurs aux entrepôts de Punta Raisi. La catastrophe. Mr Max lui avait conseillé d'aller se louer quelques cassettes vidéo et d'attendre chez lui de nouvelles instructions. Depuis, il gisait sur l'immense lit très « Hollywood » du loft transformé en plateau de télévision et le téléphone était resté muet. Sisco n'y comprenait rien. Quelque chose lui échappait. Il était maintenant plus de onze heures du soir et pas de nouvelles de Mr Max. Grazziani et les autres connards, il s'en foutait. Simplement, il craignait les problèmes.

Il bâilla, quitta le lit, fut tenté d'aller de nouveau se tremper la tête, passa finalement sur la terrasse. Un grand rectangle dallé, bordé d'un côté par un parapet en pierres, de l'autre, par un muret en briques sommé de bacs à fleurs. Entretenues par la bonne femme d'à côté. Le crachin s'était arrêté et au-delà du muret, les gosses des voisins jouaient au tennis de table en hurlant. Rebondissant sur la table, la balle sonnait de façon agaçante. Sisco se pencha par-dessus la rambarde métallique en allumant une cigarette. En bas, la pute au tee-shirt blanc qu'il connaissait bien discutait avec un type en imper. Il les vit se séparer et il en fut soulagé. Ce soir, il n'avait plus envie de filmer la moindre séance de baise.

Trop, c'est trop.

Un moment plus tard, laissant les baies vitrées de la terrasse ouvertes, il réintégra le loft, fut un instant tenté de visionner un porno, finit par se décider pour un vieux western. Pour plus de confort, il écrasa sa cigarette, s'offrit un gros pétard de hasch. C'était mieux que la tête dans l'eau. Il baissa la lumière grâce au réostat de la lampe de chevet et se laissa aller contre les coussins douteux du lit.

Dix minutes plus tard, son joint fini, il fermait les yeux sur les images agitées du western. Béat.

Son mal de crâne avait disparu. A travers un

léger voile sonore, il entendait les échos d'une bagarre dans un saloon. Le truc idiot qu'ils mettaient dans tous les westerns. Puis il y eut une cascade de coups de feu et un silence épais suivit. Juste troublé par les « tap-tap » de cette imbécile de balle de ping-pong. D'abord, il s'entêta à demeurer les yeux clos, puis il ressentit soudain une drôle d'impression qui lui noua subitement les nerfs.

Le danger !

D'instinct, sa main partit comme un éclair en direction de l'oreiller. Dessous, il y avait son calibre. A la même milliseconde, il rouvrit les yeux et voulut rouler sur le côté.

Trop tard.

Il sentit son front éclater avec un bruit mou, jeta les deux mains en avant, ne rencontra que le vide. Il y eut une autre explosion sous son crâne où des éclairs zébrés fulguraient. Une violente nausée le submergea et, sans son étonnante résistance, il se serait évanoui. Son esprit fonctionnait encore. Il sentait le sang couler de son front, percevait des sons déformés. Dans son cerveau de nouveau douloureux, les idées s'entrechoquaient. Un bélier lui perfora l'estomac. Il poussa un grognement, frappa devant lui. Mais ses forces l'abandonnaient. Ses mains à la puissance d'habitude étonnante ne réagissaient plus. Il glissa au sol, agrippant tant bien que mal un pan d'imper de son agresseur. Celui-ci ne cherchait pas à le tuer. Pas encore. Sisco en était certain. Souffle coupé, esprit fangeux, il comprit qu'on le fouillait, qu'on lui tirait un bras en arrière. Il perçut un déclic, sentit une tenaille lui broyer le poignet.

Surtout ne pas réagir. Comprendre d'abord. Récupérer.

Deux bras puissants le soulevèrent. Il se fit tout mou, laissa ses pieds racler le sol. L'autre le traînait vers la salle de bains.

La salle de bains!

Peut-être une chance. Il fallait penser. On lui avait passé une menotte. On allait l'attacher. Un seul endroit. Le tuyau d'arrivée d'eau. Près du lavabo. Il comprenait confusément que la salle de bains pouvait représenter son salut. Mais pourquoi?

Le rasoir!

Un vrai. Un antique coupe-chou qu'il avait acheté pour les besoins d'une de ses mises en scène vidéo sado-maso. Il n'arrivait pas à se souvenir de l'endroit où cette conne dont il avait oublié le nom avait pu le ranger. Même qu'il l'avait engueulée parce que c'était un endroit idiot. Ça allait sûrement revenir et...

Trop tard.

L'autre avait effectivement fixé la menotte au tuyau. Pas trop grave. Sisco sentait ses forces revenir et il serait bientôt capable de l'arracher, ce foutu tuyau. Ses doigts maigres et noueux étaient capables de déchirer un annuaire. D'abord... avoir ce fumier. Du premier coup. Ne pas le rater, car il n'aurait qu'une chance. Déjà, une des mains du type lui appuyait sur la nuque. Il allait lui faire le coup de la « baignoire ». Dans le lavabo qui était resté plein. Il voulait donc le faire parler. L'obliger à dire quelque chose que Sisco ne devinait pas encore.

Le rasoir !

Qu'est-ce que cette imbécile avait fichu de ce rasoir de merde ! Il lui suffisait de mettre sa main libre dessus et ce serait joué. Il se foutait que le fumier ait un flingue. Il connaissait les réactions des égorgés. La panique totale. L'hébétude. Il avait ses pieds et un bras de libre. Avec ça, il pouvait retourner la situation. Il suffisait de...

Les fleurs !

Cette idiote avait tout bonnement laissé tomber le rasoir dans les fleurs séchées qui trônaient dans leur vase sur la marche de la baignoire. Tout près de la main libre de Sisco. Et justement du côté opposé où se trouvait l'inconnu. Déjà, les doigts de Sisco fouillaient le bouquet comme s'ils cherchaient à s'accrocher à quelque chose. Le fumier était trop affairé à lui enfoncer la tête sous l'eau pour s'occuper de ça. Le rasoir était là ! Il suffisait de faire sortir la lame du manche et... Sisco retint son souffle, se débattit mollement. Ses doigts s'étaient refermés... sur le manche du rasoir ! Il lâcha de l'air, se concentra. La poigne de l'adversaire lui maintenait la tête sous l'eau depuis une éternité. Soudain, il le tira violemment par les cheveux et Sisco aspira une large goulée d'air.

— Maintenant, gronda l'inconnu d'une voix sinistre, écoute-moi bien, pourri !

Un canon s'était enfoncé dans sa nuque. C'était dur et glacé. Sisco grommela quelque chose d'incompréhensible, cherchant désespérement l'air. Son buste s'écrasait sur le rebord du lavabo et sa nausée augmentait.

— Tu t'appelles Azel Sisco, assena soudain la voix sépulcrale de l'inconnu. Tu as violé une fille de seize ans, tu as massacré sa famille et fait kidnapper un de mes amis. Andy Somek. Tu as trois secondes pour me dire où il est.

Le Yougoslave sentit un désagréable picotement dans son dos. C'était donc ça! Il ne comprenait pas qui était ce type ni comment il était remonté jusqu'à lui, mais cette fois, c'était sérieux.

— Un...

— Arrête, lança Sisco de sa voix de corbeau. Je sais pas de quoi...

— Deux...

L'albinos toussa, grogna :

— T'es quoi ? Flic ?

— Devine. Ça va faire trois.

Le Yougoslave parvint à tourner légèrement la tête. Il pouvait presque voir le type. Placé de côté, pour éviter les ruades. Un pro. L'albinos éructa :

— Je te pisse à la raie, pédé.

Le canon passa de sa nuque à l'arrière de son genou.

— Où est Somek ? Trois...

Surtout bien viser la gorge. Trancher la carotide.

— Je comprends rien, bordel !

Il y eut un « flop » ridicule, Sisco poussa une sorte de jappement. Sa jambe droite se déroba sous lui, et une douleur atroce lui déchira le genou. Tétanisé par la souffrance le Yougoslave s'effondra, entraînant les fleurs séchées dans sa chute. Bras droit étiré vers le haut, à demi suspendu, il ressemblait à un pantin désarticulé. Il vomit un peu, entendit un bourdonnement dans sa tête, sentit qu'il allait perdre connaissance.

C'était trop bête !

Déjà, le long réducteur de son de l'automatique du type s'enfonçait dans son autre genou.

— Somek ?

— Je... merde ! J'en sais rien.

Sisco « Albinos » voyait maintenant son agresseur. Ses yeux minéraux, son imper mouillé avec le col de laine, sa détermination aussi. Il allait le tuer. Il poussa un râle, s'amollit soudain. Sa tête partit en arrière et il ne bougea plus. Si l'autre ne faisait pas maintenant ce qu'il attendait, c'était fichu. Il allait vraiment s'évanouir. Entre ses cils décolorés, il vit le type hésiter et une lueur contrariée passa dans ses prunelles glacées. Enfin, il se pencha pour le redresser. Alors, dans un sursaut fantastique, le Yougoslave détendit son bras gauche. Il y eut un éclair blême et la lame du rasoir fouetta l'air. L'autre esquiva mais n'eut pas le temps d'échapper à la lame qui cisailla le cou offert avec un bruit déchirant.

Gagné !

Le salaud releva son flingue, recula, reçut quand même le coup de pied de Sisco dans le bas-ventre. Il grogna sourdement, porta la main à sa gorge et la retira pleine de sang.

Gagné ! Sisco avait gagné !

Devant lui, le grand fumier en imper ouvrit la bouche sur un râle muet. Il voulut pointer son arme, ploya sous son propre poids et porta de nouveau la main à sa gorge.

La laine de son col d'imper pissait le sang.

CHAPITRE VIII

La mort était hideuse. Elle était là, tapie au fond d'un gouffre noir dans lequel on s'enfonçait inexorablement.

Ecœurant. On avait raison d'en avoir peur.

Bolan ne se faisait pas d'illusions ; du fond de son royaume des ténèbres, il conservait assez de lucidité pour comprendre qu'il allait mourir dans quelques secondes. Il verrait défiler toute sa vie. On le disait.

Faux !

Il ne voyait rien. Toute la souffrance du monde s'était concentrée dans son bas-ventre. A hurler. Mais le cri restait bloqué dans sa gorge. Etouffant. Il sentait sa vie s'en aller avec le sang qui coulait de son cou et se demandait pourquoi il n'était pas encore mort.

Quelque part, des chocs sourds résonnèrent. Sa formidable énergie lui fit rouvrir les yeux, le temps de voir la masse fondre sur lui. Sisco. Dans un sursaut désespéré, il avait arraché le tuyau du mur. Un geyser d'eau froide fouetta la face de Bolan. Juste au moment où la menotte libérée percutait son crâne. Un poids considérable lui broya la poitrine et une poigne d'enfer se referma sur le Beretta. L'Exécuteur n'avait jamais vu un type aussi rapide et avec des pognes aussi puissantes. Dignes d'un numéro de cirque. Un adversaire différent de ce qu'il avait jusqu'alors connu. Mais à vicieux, vicieux et demi. Réunissant ses forces, il envoya violemment sa main libre vers les yeux de l'adversaire. Son pouce glissa sur l'arête du nez de Sisco, s'enfonça dans une cavité avec un petit bruit mouillé écœurant. C'était chaud et gluant. Le Yougoslave hurla. Bolan enfonça davantage, tourna son autre poignet, tira. Etouffée par le réducteur de son et le râle de Sisco, la détonation s'entendit à peine. Sur Bolan, le Yougo tressauta, eut un hoquet, glissa sur le côté, portant instinctivement les deux mains à son abdomen ensanglanté. Puis, alors qu'un poinçon de feu déchirait ses entrailles, il ouvrit une bouche démesurée, partit à la renverse et ne bougea plus.

Ce fut le silence.

Rythmé par la lourde respiration de Bolan. Enfin, la douleur de son bas-ventre regressa, et il put se redresser sur un coude. Soufflant comme une forge, il leva les yeux vers le Yougoslave. Des bulles rouges moussaient aux commissures de ses lèvres, éclataient dans un sale petit bruit. Il n'était pas encore mort... et Bolan non plus.

Incroyable!

Au lieu du jet saccadé qui aurait normalement dû s'échapper de sa carotide sectionnée, il ne trouvait qu'un flot de sang décroissant. Il palpa alors son col d'imper, trouva le zip métallique qui permettait d'ôter la garniture de laine à volonté. Le miracle. La lame avait frappé exactement à cet endroit. Question de millimètre. Bien sûr, la peau était entamée et le sang coulait encore, mais la carotide avait été épargnée. Bolan se releva, alla s'examiner dans le miroir au-dessus du lavabo et évalua les dégâts.

Une coupure pas très nette, sous le maxillaire droit. Une chance inouïe. Ça saignait beaucoup et il semblait même que ce soit assez profond, mais rien à voir avec une blessure mortelle. Une agrafe ou deux suffiraient.

Un gémissement l'arracha à son examen. A ses pieds, Sisco mourait. Il avait eu moins de chance. Sa route avait simplement croisé celle de l'Exécuteur. Le grand fumier. Bolan ferma le robinet d'arrêt du gros tuyau arraché, se pencha sur Sisco, lui tapota la joue. Le Yougo ouvrit des yeux déjà vitreux et sa grimace en dit long sur ce qu'il endurait. Bolan s'approcha encore.

— C'est con, dit-il doucement. C'est très con de souffrir comme ça.

Un geignement caverneux lui répondit. Entre les doigts épais du Yougoslave, un sang noir s'échappait. Sa vie fichait le camp. Bolan le secoua. Presque gentiment.

— Tu travailles pour qui ?
Sisco grimaça, cracha un peu de sang, souffla :
— Mr Max.
— Mais encore ?
— Je... Jamais vu. Il commande par... téléphone.
Encore le cloisonnement ! A désespérer. Mais Sisco était au bout du rouleau. Il fallait faire vite. L'Exécuteur questionna :
— Pourquoi avoir voulu voler ce container, à Punta Raisi ?
Pas de réponse. Il insista :
— A qui Sassa devait-il le livrer, le container ?
— Je... sais pas.
Bolan soupira, enchaîna :
— Où est Somek, Sisco ? Dis-le !
L'autre le fixa de ses prunelles brunes, grogna en se tordant.
— Un... un médecin.
— Somek ! Où est Somek !
Le Yougoslave ferma les yeux, sembla sur le point de lâcher la rampe une nouvelle fois. L'Exécuteur lui releva la tête, l'aidant à respirer mieux. Il avait appris à tuer, s'obligeait à le faire... n'avait jamais aimé ça. Mais son implacable ennemie, l'*Organized Crime*, ne lui laissait pas le choix. Il fallait sans cesse terrasser le mal.
— Mé...decin, souffla le moribond.
— Oui ! Mais dis-moi où est Somek !

Un silence coupé de gargouillis sinistres, une plainte. Sisco parvint à rouvrir les yeux, siffla entre ses dents serrées :

— Sa... Sassa !
— Qui ?

Le moribond poussa un cri rauque, se raidit. Il souffrait abominablement. Une balle dans les boyaux, c'était une très sale agonie.

— Qui ! le pressa encore Bolan qui avait pourtant compris et fait le rapprochement avec les aveux de Jeff Grazziani le pourri. Qui est Sassa ? Où est-ce que je le trouve ?

— I... Isola... entrepôt... bateau... Sassa !

Isola delle Femmine. Sassa. La boucle se bouclait. Pour en savoir plus, il fallait pousser plus loin.

Le Yougoslave s'était tu. La souffrance était trop forte. Bolan reposa sa tête sur le carrelage, se releva en grimaçant. Passé un certain stade, la douleur annihilait tout. Sisco geignait, mais ne dirait plus rien. L'Exécuteur leva le canon du sinistre Beretta, visa le milieu du front. La détonation fut dérisoire. Un bouchon de champagne qui saute. Bolan songea au Moët et Chandon qu'il avait apporté à Aurélia pour leurs retrouvailles. Mais en voyant le crâne de Sisco se disloquer sous l'impact, il réprima une grimace. Ce qui en coulait n'avait rien de joyeux.

Le pourri s'était bien battu, mais c'était une ordure.

***

— *Va bene*?

Bolan hocha la tête avec précaution. Un bandage immaculé lui faisait un collier grotesque, et il avait l'impression d'être passé sous un rouleau compresseur et dans les griffes d'une botteleuse à blé. Il s'arracha un vague sourire, et l'inquiétude s'estompa dans les yeux de la fille. Sans doute avait-elle craint de le voir mourir dans son minable studio de passes.

— Tu veux un scotch?

Elle était gentille. Il fit oui d'un battement de cils. Elle s'affaira autour d'un placard, montrant son slip sous le bas de sa jupe au rabais. Le toubib venait de les quitter et d'après la fille, il ne parlerait pas. Il soignait les blénos de toutes les putes du quartier. En douce. Il était à la retraite. En tout cas, c'était mieux que d'avoir appelé un médecin chez Aurélia. Pendant ses blitz, l'Exécuteur évitait toujours de trop mouiller ceux qui l'aidaient.

C'est pourquoi il avait préféré l'assistance de la pute.

— Je m'appelle Ornella, dit la fille en tendant le verre à Bolan. Tu veux de la glace?

Il fit signe que non, le regretta aussitôt. L'alcool lui brûla la gorge, l'œsophage et une bonne partie de l'estomac, mais il résista bravement et but jusqu'au bout. Rien à voir avec un bon Johnnie Walker Black Label ou un Hennessy-Glace.

— Ça te plaît, Ornella?
— *Si*.

Elle ne s'appelait sûrement pas davantage Ornella que Bolan ne s'appelait Jean-Paul II, mais quelle importance ? C'était déjà bien de l'avoir trouvée en sortant de chez Sisco. Un peu affolée, elle avait gobé la fable qu'il lui avait servie. Une histoire de voyous qui avaient essayé de le dévaliser. Il n'avait pas manqué de lui faire aussitôt miroiter les beaux dollars « rescapés » de l'affaire. La suite avait été facile. L'arrivée de l'ex-docteur, deux agrafes, des sulfamides, un calmant. Ça allait beaucoup mieux.

— Et tes couilles. *Va bene* ?

Ornella s'était assise dans le coin du lit douteux, sous un portrait de la Vierge Marie. Elle louchait vers le slip de Bolan. On la sentait prête à appliquer sa propre thérapeutique. Mais dans l'état où étaient ses testicules et compte tenu de l'avancement des recherches sur le traitement du sida, Bolan préférait l'aspirine. Il secoua la tête, quitta le lit pour enfiler sa chemise maculée de sang. Ornella soupira, fila vers une armoire dans laquelle elle farfouilla un instant.

— Tiens, dit-elle en lui offrant une chemise en jean froissé. C'est à mon mec. Je lui dirai que je l'ai brûlée au repassage.

Bolan laissa tomber quelques billets sur le drap chiffonné, attrapa le vêtement.

— Tu lui en achèteras une autre, dit-il en s'habillant.

Sans commentaire, Ornella rangea soigneusement les lires dans la ceinture de son slip, avec celles qu'il lui avait déjà données pour ses bons soins. Elle tardait un peu à rabattre la jupe.

— Toujours non? demanda-t-elle en minaudant.

— *No, grazie.*

La jupe retomba sur les cuisses dorées.

— Ben, c'est que t'as encore drôlement mal!
— *Si*, grimaça-t-il.

Inutile de lui faire de la peine. Elle l'aida à enfiler l'imper nettoyé, se hissa sur la pointe des pieds, déposa un très mignon baiser au coin de ses lèvres.

— Si tu reviens par ici...
Ben voyons!

Bolan descendit l'escalier, récupéra sa logistique dans la chasse d'eau des WC du rez-de-chaussée où il l'avait laissée avant de monter. En se retrouvant dans la nuit tiède, il réprima un frisson. Puis, sans un regard vers l'immeuble du Yougoslave, il se fondit dans l'obscurité. Il avait envie d'une douche, de draps propres et d'un siècle de sommeil. Mais c'était impossible, l'Exécuteur avait encore beaucoup à faire.

Cette nuit serait faite de sang et de mort.

CHAPITRE IX

Un vent acide s'était levé et quelques nuées filandreuses et grisâtres s'étiraient sur le fond du ciel noir. Dans le petit port de pêche, les mâts des bateaux oscillaient paresseusement sous une lune ronde et blême.

Isola delle Femmine. Minuscule bled typiquement sicilien.

L'Exécuteur brûlait d'une énergie farouche. Malgré les élancements de sa blessure, malgré sa fatigue. Et les derniers mots de Sisco le hantaient.

Sassa... Isola... bateau.

Il était bel et bien à Isola delle Femmine. A quelques kilomètres seulement de Palerme. Des bateaux, il en avait devant lui et il avait discrètement localisé les entrepôts Canali. Déserts. Mais avant de quitter Palerme, grâce au téléphone d'une Aurélia Gucci morte d'inquiétude, Bolan avait réussi à joindre le char de guerre remisé à New York sous la garde d'Herman Schwarz. Le génial « Gadgets » avait alors pu interroger le listing du computer de bord. Une banque de données sans cesse remise à jour, grâce aux bons soins conjugués de Hal Brognola et de Phil Necker. Grâce à cette consultation impromptue, l'Exécuteur avait pu apprendre que Tonino Sassa portait le surnom évocateur de « Capo-Macchine » et qu'il n'était autre que le big-boss de la filière sicilienne du trafic de toutes les voitures et motos volées en Italie. Le maillon final d'un formidable réseau qui alimentait certains pays du Maghreb et du Moyen-Orient.

Lucratif en diable.

Suivait une description relativement précise de l'intéressé, tant sur le plan psychologique que physique. Si les *amici* avaient su le grand fumier en possession d'une telle source de renseignements, leurs rangs se seraient soudain singulièrement éclaircis. Infarctus en chaîne.

En résumé, Sassa appartenait bien à la tentaculaire famille du crime et l'ordinateur faisait état de plusieurs dizaines d'assassinats à son actif, y compris celui de Don Robanero, un des derniers vieux parrains de l'ancienne camora qui avait osé voter contre son accession au sommet de cette activité très prisée. Sassa était bien un de ces vrais pourris qui forment le ciment de l'*Organized Crime* universelle. La lie de la Société. Pour l'Exécuteur, ça simplifiait les choses. Pas de gants à prendre avec ce genre de vermine.

Maintenant, il était une heure du matin et selon le coup de fil passé par Jeff à Sisco, Sassa n'arriverait sur place qu'à deux heures. Alors, pour tuer le temps et aussi par précaution, l'Exécuteur avait sillonné les rues sombres et désertes du patelin. Un simple village de pêcheurs dont il connaissait à présent le moindre recoin. Histoire de mémoriser le secteur. Toujours prévoir le pire. Maintenant, l'Autobianchi était garée sous une fresque marine qu'un artiste local avait accrochée sur un mur à demi abattu et l'Exécuteur considérait l'endroit. Un port. A droite, sous un auvent en Eternit, l'échoppe d'un marchand de fritures, de sandwiches et de bière voisinait avec l'étal d'un poissonnier. A gauche, un bâtiment ocre à balcons en ferronnerie abritait une boutique « Sport e Pesca » qui proposait également de la bonneterie et de la droguerie. Juste à côté, formant l'angle de la place et presque les pieds dans l'eau, la *Banca del Lavoro*. La banque du travail. Au numéro 10. Le seul qui soit indiqué. Devant, le port et ses barques, son petit tas d'ordures, son odeur forte et son eau clapotante. Bolan avisa une plaque bleue au-dessus du « Sport e Pesca ». Piazza Duca Degli Abbruzzi. Ça renseignait toujours.

Une heure vingt.

C'était le moment. N'allumant que les lanternes, il fit redémarrer l'Autobianchi, reprit la rue principale qui coupait le village en deux, tourna bientôt à gauche, dans une rue en pente qui sinuait au pied de la montagne avant de redescendre vers la côte. En direction d'une crique encaissée entre deux falaises, où les pêcheurs du cru avaient construit des hangars à bateaux. Cent mètres plus bas, le bitume laissait place à la terre cailouteuse d'un chemin défoncé par les roues des poids lourds. Comme un peu plus tôt, lors de sa reconnaissance, l'Exécuteur éteignit ses feux et coupa le contact avant d'engager l'Autobianchi dans la pente. Il la laissa cahoter sur environ cinq cents mètres, retrouva l'amas d'éboulis qu'il avait déjà repéré et y dissimula cette dernière. Il sortit ses jumelles de nuit récupérées avec sa logistique, balaya longuement le secteur d'un regard attentif. Mais dans ce décor accidenté, repérer d'éventuels guetteurs relevait de l'utopie. Alors, seulement vêtu de la sinistre combinaison noire, le Beretta à réducteur de son en holster d'épaule, le terrible AutoMag 44 dans celui de ceinture, la mini-Uzi, également récupérée, suspendue en sautoir de poitrine, il se glissa dans l'ombre. L'étui de son poignard de commando était fixé à son mollet droit. Par acquit de conscience.

Tel un félin en chasse, oubliant les élancements de sa blessure au cou, il se coula dans les éboulis, parallèlement au chemin qui descendait en direction des entrepôts. Lors de son premier passage, il avait repéré une sorte d'entablement rocheux sur lequel il avait décidé d'établir son poste d'observation. Il s'y installa, se mit à attendre.

De là, il avait une vision légèrement plongeante sur les entrepôts Canali.

C'est ainsi qu'il les vit arriver.

Un camion et deux voitures. Une Peugeot 504 et une grosse BMW. L'Exécuteur porta ses jumelles de nuit à ses yeux, mais les glaces de la BMW étaient trop foncées pour qu'il puisse en distinguer les occupants. Peut-être Sassa. En revanche, il put aisément se rendre compte que la Peugeot abritait quatre types.

Restait à savoir quel genre de types ils étaient.

Justement, l'un d'eux sauta bientôt de la 504. Un costaud habillé de sombre et qui envoya trois brefs signaux lumineux d'une puissante torche en direction de la montagne. Aussitôt, trois autres signaux lui répondirent et l'Exécuteur esquissa une ombre de sourire glacé.

Il y avait bel et bien un guetteur.

Planqué dans les reliefs tourmentés d'un pan de montagne qui tombait jusque sur la petite plage. Vue imprenable sur l'ensemble des entrepôts Canali. Tandis que la 504 allait stopper devant la haute grille fermant ces derniers, Bolan fixa ses jumelles de nuit sur la montagne et put enfin localiser le planqué. Juste une tête qui dépassait d'un rocher. Une tête équipée d'une paire de jumelles. En revanche, pas de fusil en vue. Ce qui ne voulait rien dire. Celui-là n'était sûrement pas ici pour compter les points. En tout cas, une chose semblait à présent certaine ; tout ce beau monde était là pour quelque chose de pas vraiment catholique. Car maintenant, trois types sortaient d'un petit bâtiment situé à droite des entrepôts pour venir à la grille. Deux brandissaient des PM Franchi, le troisième, une torche électrique dont le rayon balaya le pare-brise de la Peugeot. Son autre main était posée sur la crosse d'un revolver dépassant d'un étui de ceinture.

Rien à voir avec une fête de patronnage.

Ayant identifié les arrivants, il lâcha la crosse du revolver et se décida enfin à ouvrir. Il laissa passer le cortège, referma derrière lui.

Il était deux heures moins le quart.

Les trois véhicules roulèrent jusqu'au quai d'embarquement surélevé qui courait tout au long des entrepôts et trois hommes jaillirent du camion pour abaisser son hayon arrière. Déjà, la Peugeot déversait ses occupants. Quatre types. Tous armés de PM. Grâce aux jumelles, l'Exécuteur put identifier les armes. Un Franchi L.F. 57 9 mm et trois Beretta M. 12, également de 9 mm et dotés de chargeurs de 40 cartouches. Tous jumelés tête-bêche.

On était entre pros.

Tandis que des caisses passaient du camion au quai d'embarquement, deux des vigiles ouvraient les panneaux métalliques condamnant un des entrepôts. A cet instant, la portière arrière de la BMW s'ouvrit et une lourde silhouette apparut dans la lumière des phares.

Tonino Sassa.

Aucun doute là-dessus. Petit, très large et très

épais, le crâne lisse et brillant sur un cou de taureau, « Capo-Macchine » rappelait vaguement Mussolini au temps de sa splendeur. Tout en lui respirait la force brutale et la détermination absolue.

Entouré par ses flingueurs, mains dans les poches d'un manteau de cuir sombre, cigare éteint vissé aux lèvres, il surveillait les opérations avec l'air renfrogné d'un bouledogue veillant sur son os. L'Exécuteur ignorait combien de temps Sassa resterait sur place. S'il voulait avoir une chance de le coincer, c'était certainement ici qu'il le ferait le mieux. Il fit décrire aux jumelles un mouvement circulaire de quelques degrés, observa le terrain, finit par repérer une partie de l'enceinte grillagée où il pourrait opérer une pénétration discrète de la place. Juste au pied de la montagne, dans un angle mort que le guetteur ne pouvait voir d'où il était. Mais au moment où il allait se redresser, alerté par son formidable instinct de guerrier, l'Exécuteur tourna les jumelles de trois degrés encore.

Et un flot d'adrénaline se rua dans ses artères.

A moins de dix mètres, les jumelles avaient accroché un éclat lumineux. Juste un rayon de lune se reflétant sur du verre. Sur le verre d'une lunette de visée. Et juste en-dessous de la lunette, noir comme la mort, il y avait l'orifice tout rond d'un canon de fusil.

Un canon exactement pointé sur lui.

CHAPITRE X

Le formidable sixième sens de l'Exécuteur l'avait une fois de plus miraculeusement alerté. Mais sans doute trop tard. Le type au fusil n'avait fait aucun bruit. Une ombre. Ramassée, prête à l'action. Et maintenant, le canon était là. A dix mètres, prêt à cracher la mort. Alors, l'Exécuteur se laissa guider par son instinct. Connaissant le faible champ de vision d'une lunette de visée, il roula sur le côté. Dans le même temps, il avait dégainé le sinistre Beretta et le véritable ordinateur de tir qu'il avait quelque part dans le cerveau s'était mis en action. En un centième de seconde, il avait opéré le calcul des probabilités de réaction de l'adversaire et effectué sa visée.

A l'instinctive.

Comme les G'men à l'exercice. Quand son index enfonça la détente, il ne s'était pas écoulé plus d'une seconde.

Beaucoup trop peu pour l'adversaire. Ce dernier n'avait même pas eu le temps de corriger sa propre visée quand le « flop » du réducteur de son troua le silence relatif de la nuit. L'ogive brûlante de 9 mm lui fit sauter l'œil gauche, ressortit par le côté droit de l'occiput, emportant dans sa course folle un lambeau de cuir chevelu accroché à la casquette. Cette dernière tournoya en l'air, parut un instant définitivement stabilisée dans l'espace, obliqua soudain pour achever sa course sur le côté. Tel un *frisbee* déséquilibré. Quant à son propriétaire, il s'était affalé, immobile, serrant son fusil contre lui comme si sa vie en dépendait encore.

Mais il était déjà extrêmement mort.

Aussitôt, l'Exécuteur avait changé de position. Prêt à tout. Mais il n'y eut pas d'autre réaction et il porta de nouveau les jumelles à ses yeux.

Pour voir le guetteur toujours à sa place.

Incroyable. L'autre n'avait pas bronché. Toujours dans son anfractuosité rocheuse, toujours immobile. A croire qu'il ne s'agissait que d'un mannequin de cire. Mais Bolan le savait, réaménagé par les bons soins d'Herman Schwarz « Gadgets » le réducteur de son du Beretta était certainement le plus performant du genre que l'on puisse trouver.

N'empêche qu'il était temps d'agir.

Il rampa jusqu'au mort, nota que l'arme était une carabine d'assaut SIG 530 I, en ôta le chargeur, récupéra la cartouche de 223 qui se trouvait dans la chambre. Mieux valait éviter les surprises. Puis, se coulant silencieusement dans la nuit, il se mit à progresser en direction du guetteur embusqué. Il gravit un raidillon à flanc de falaise, acheva son escalade en se fondant littéralement dans la roche grise. Heureusement cachée par un flanc de montagne, la lune n'éclairait pas le secteur. Ce qui permit à l'Exécuteur de s'approcher si près du guetteur qu'il put un instant l'entendre respirer.

Juste un instant.

Dans la seconde suivante, son bras gauche bloquait le cou du type en le bâillonnant, tandis que le poignard de commando s'appliquait sur sa pomme d'Adam. Le pourri poussa une sourde exclamation, voulut se débattre. Mais l'acier tranchant s'enfonça de quelques millimètres et il s'immobilisa, tétanisé. Dans l'ombre, la voix d'outre-tombe souffla :

— Où sont les autres guetteurs ?

Une seconde, il souleva sa paume, dégageant la bouche du pourri. Celui-ci hésita entre crier et répondre, choisit la facilité.

— Il... il n'y en a qu'un. Par là !

De son regard blanc de peur, il indiquait la direction où gisait à présent le cadavre de son copain. Il en tremblait. A ce stade de panique, il ne mentait pas. L'Exécuteur hocha la tête.

— C'est bien, souffla-t-il encore.

Puis, d'un geste coulé, presque doux, il enfonça la lame du poignard dans la gorge offerte. Presque à regrets. Mais celui-là faisait aussi partie du monde tentaculaire et hideux du crime. Un monde qui s'étendait sans cesse.

Comme un gigantesque cancer. Il fallait arrêter ça. Juguler le phénomène, retarder la terrible échéance qui verrait un jour le mal, le profit et le crime inonder l'humanité.

Le pourri émit un gargouillis sinistre et un jet de sang fusa à l'horizontale. Le temps d'un éclair, l'Exécuteur songea au rasoir de Sisco qui avait failli l'égorger un peu plus tôt. La vie avait de ces caprices... Il maintint la tête du mourant pendant la première minute d'agonie, puis le sentant sans réaction, il le laissa finir de mourir. Il vida la carabine d'assaut Beretta 70/223 qui gisait près du type et s'éclipsa tout aussi discrètement.

Il avait encore beaucoup à faire.

— Magnez-vous, bande de cossards!

La voix de Tonino Sassa ressemblait au bruit d'une tronçonneuse. En plus rêche encore. Tout le contraire de la tendresse. En tout cas, elle n'avait rien de commun avec l'image que le mafioso essayait de donner de lui-même avec ses gourmettes en or, son diamant de dix carats à l'annulaire, ses médailles de la Madone accrochées partout, ses costumes en alpaga et ses voitures de luxe.

En un mot, Tonino Sassa était une brute épaisse.

Il compensait sa petite taille d'un mètre soixante à peine par l'équivalent en largeur d'épaules et un quintal de muscles. Pas du produit de gonflette. Du vrai muscle. Saisi par la touffeur des entrepôts, il avait ôté manteau de cuir et veste. Il avait même retroussé ses manches de chemise et le spectacle de ses avant-bras était impressionnant. Enormes et couverts de poils. Certains disaient Sassa capable d'arrêter un taureau en pleine charge et de le coucher d'un seul bras. C'était presque vrai. Un jour, il avait effectivement accompli cet exploit. Mais c'était quinze ans plus tôt, à l'issue d'un pari contracté une nuit de libations... et il avait dû se servir des deux bras. N'empêche que Tonino Sassa était une réelle force de la nature.

Et une authentique ordure.

Maintenant, pour tuer, il ne se servait plus de ses énormes pognes. Il avait ses flingueurs et son Colt 45 personnel. Un bijou. Plus le petit Smith & Wesson Bodyguard au canon de deux pouces, à la petite crosse round-but et au chien de percuteur caréné qui ne quittait jamais son holster de cheville droite. Sous le pantalon. Un truc qu'il avait vu faire au cinéma et qui lui avait déjà servi trois fois. Trois morts. Son bodyguard, il le dégainait à la vitesse de l'éclair. Un exploit de prestidigitateur. Sa fierté.

— Et cette caisse! grinça-t-il encore en désignant celle sur laquelle il s'était précisément assis pour assister au travail de ses hommes. C'est moi qui la vide?

Les types du camion se précipitèrent, attendant qu'il daigne se lever enfin pour attraper la caisse en question. L'un d'eux, un grand maigre à la tête de lézard, eut le malheur de faire remarquer :

— C'est quand même moins lourd sans vous, boss.

La grosse bouche trop rouge de Sassa amorça un rictus sur des dents pointues comme des griffes. Mais, rapide comme un crotale, sa main partit vers le haut. Si vite que le destinataire ne vit rien arriver. Il sentit un grand choc, vola par-dessus les caisses pour aller s'effondrer trois mètres plus loin. Entaillée de la pommette au maxillaire par l'énorme diamant, sa joue vomissait déjà un flot de sang. Complètement KO, l'échalas essayait sans succès de se redresser. Sans un mot, devant ses hommes figés de trouille, Tonino Sassa sortit un superbe Colt 45 steinless de son holster de ceinture et l'arma tranquillement. Un Colt commémoratif de la guerre du Pacifique. Une arme de collection.

Mais une arme en parfait état.

Il y eut une explosion sourde, puis, coup sur coup, il y en eut beaucoup d'autres. Très sèches, très rapprochées aussi. De courtes rafales qui sciaient les nerfs et crevaient les tympans. Incrédule, Tonino Sassa vit une espèce de diable noir se dresser à quelques mètres de lui. Une statue humaine qui, arme à la hanche, faisait tranquillement un carton sur tout ce qui bougeait.

Sassa restait immobile.

Le Colt toujours en main, il se demandait s'il avait effectivement tiré ou non. Sans comprendre pourquoi l'apparition de ce fantôme venait de tout faire basculer devant lui, ni pourquoi aussi il ne parvenait pas à réagir. Il voyait ses hommes tomber comme des mouches, y compris ses meilleurs flingueurs. Ceux qu'il avait spécialement sélectionnés pour assurer sa protection rapprochée. Il voyait des crânes exploser sous les impacts meurtriers d'un PM qu'il avait identifié comme étant une mini-Uzi, il voyait des fontaines de sang jaillir de plaies béantes et il n'y comprenait toujours rien. Puis, soudain, comme surgie du fond de sa chair, une formidable colère le submergea et il retrouva la force de relever le canon du Colt. Mais à l'instant où son index allait enfin presser la détente pour la deuxième fois, il vit le bras gauche du diable noir se tendre vers lui à la vitesse de la foudre. Il vit aussi un bref éclair jaillir du canon et ressentit un formidable choc dans le poignet. Il eut l'impression d'avoir le bras arraché, il entrevit la masse brillante et rassurante du Colt qui échappait à sa main pour voler sur le côté et, sous la violente poussée de l'impact, il se retrouva assis sur la caisse quittée un instant plus tôt.

Toujours sans comprendre.

Maintenant, il y avait du sang partout, des éclats de bois s'étaient fichés dans sa chemise et, près de lui, des éclaboussures de cervelles maculaient son beau manteau de cuir.

L'horreur totale. Heureusement, la balle du Beretta n'avait touché que le beau Colt commémoratif. Pour l'arracher à la main de Sassa. Lui, il était intact.

— *Ciao*, Sassa.

Le diable noir avait une voix de circonstance. Profonde comme l'univers, lourde comme le jugement dernier. Une voix qui collait parfaitement à cette odeur de cordite, de sang et de mort qui venait d'investir les entrepôts. Sassa ouvrit la bouche, ne put sortir aucun son, voulut se relever, se trouva ridicule et se trouva instantanément une excuse. Sous l'impact de cette balle qui lui avait arraché le Colt de la main, son poignet avait doublé de volume. Ce qui n'était pas rien, compte tenu du volume naturel de ses articulations. Maintenant, le grand diable s'avançait, enjambant les cadavres ensanglantés, fixant sur lui un regard d'une étonnante acuité. Un regard minéral qui vous clouait sur place. Quand il ne fut plus qu'à deux mètres du Sicilien, il esquissa une ombre de sourire glacé, tandis qu'une lueur moqueuse passait dans ses prunelles de granit.

— Tu as avalé ta langue, Sassa ?

Le mafioso déglutit avec peine, ramassa toute la haine qui persistait en lui et, forçant de la voix pour reprendre un peu de sa superbe, il grinça :

— Va te faire mettre, pédé !

Ce qui ne partait pas forcément d'un bon naturel.

Par réaction, les muscles de ses avant-bras roulaient sous la peau et dans ses petits yeux noirs et luisants, des éclairs de meurtre fusaient. Désespérément, « Capo-Macchine » cherchait la solution à son problème. Tout venait de s'écrouler autour de lui et il ne comprenait pas ce qui lui arrivait. Dardant sur l'intrus ses petits yeux cruels, il se rongeait frénétiquement l'ongle du pouce en crachant les débris loin devant lui. Et très fort. Pour bien montrer sa puissance et son mépris. Sous la lumière glauque du dépôt rempli de caisses aux contenus très inavouables, ses traits brutaux s'étaient figés dans l'attente d'un miracle. Un miracle qui tardait. Autour de lui, il n'y avait plus que des cadavres vidés de leur sang.

Enfin, ayant recouvré une partie de ses esprits, il finit par poser la question essentielle :

— T'es pas d'ici, toi. Qui tu es ?

Pour toute réponse, le diable noir tira un minuscule objet d'une poche de la sinistre combinaison noire. Un objet qui sonna comme une pièce lorsqu'il le laissa tomber entre les pieds du mafioso. Surpris, ce dernier baissa les yeux, fronça les sourcils et, reconnaissant l'objet, il pâlit affreusement en se tassant sur lui-même.

Une médaille !

La médaille américaine des *snipers*. Les tireurs d'élite.

La médaille symbole de... l'Exécuteur !

Cette fois, Tonino Sassa avait réellement pâli.

Bon Dieu! Le grand fumier! Il était là! A sa portée! Lui, Sassa, le spécialiste des bagnoles, il avait une chance de... Non! C'était trop dingue. Personne n'avait jusqu'alors pu... La grosse bouche molle de Sassa paraissait s'être soudain décrochée et il haletait comme un soufflet de forge. L'émotion. L'Exécuteur, le grand fumier et sa foutue médaille! Il ne fallait pas rêver. Le grand fumier était là, en chair et en os, mais le résultat de sa présence ici se calculait en dizaines de kilos de cadavres. Il suffisait de compter les morts. Tous... sauf lui, Sassa. De quoi cauchemarder pendant quelques nuits.

— On ne joue plus au con?

La voix d'outre-tombe avait de nouveau résonné. Dure. Mortelle. Et l'index de l'Exécuteur était toujours sur la détente de la mini-Uzi. Il désigna les caisses d'un coup de menton impératif et questionna:

— C'est quoi, là-dedans?

L'italien de Mack Bolan n'était pas de la meilleure facture. Mais par un de ces miracles de la communication spontanée, Sassa comprenait tout. Et très vite. Il lâcha de sa voix de tronçonneuse:

— Des pièces de bagnoles. Pour l'exportation.

Bolan hocha la tête.

— Parle-moi de cette caisse qu'on devait te livrer cette nuit. A qui devais-tu la livrer?

Le mafioso avait du mal à encaisser la catastrophe. La sueur s'était mise à couler de son crâne rasé et il la laissait sinuer jusqu'à son col où elle se perdait en mouillant tout. Ecœurant... Mais il ne sentait rien. Il était fasciné. Il était en train de vivre la légende vivante du grand fumier et tout en lui était traumatisé. C'était une légende grandissante, quasi mythique, qui avait souvent déclenché en lui des fantasmes de tueries. Des flingages sanglants où il avait à chaque fois eu le beau rôle. Mais entre les rêves et la triste réalité. Mais cette fois, dans sa déveine, il avait enfin peut-être la chance de sa vie.

Buter l'Exécuteur!

Dans ce but, il avait sournoisement commencé à se gratter le bas de la jambe. Comme si des piqûres de moustiques le démangeaient. C'était le processus habituel pour s'emparer du petit Bodyguard. Méthode infaillible. Personne ne pouvait se méfier de ça.

— Vite, répéta Bolan de sa voix sépulcrale. Que devais-tu en faire, de cette caisse?

Il avait relevé le percuteur du Beretta, provoquant un petit son métallique désagréable qui fit battre nerveusement les paupières de Sassa. Il bougea les lèvres plusieurs fois dans le vide, lâcha enfin une espèce de soupir grotesque. Derrière sa jambe, sa grosse main avait réussi à saisir la petite crosse du Bodyguard. C'était le moment. Ce coup-là, il ne l'avait jamais raté. Des heures et des heures d'entraînement.

Son assurance-vie.

— Je devais l'expédier par mon canal habi-

tuel, avoua-t-il enfin en grattant sa jambe de plus belle. La nuit, sur un de mes bateaux.
— Selon les ordres de qui ?
Le mafioso secoua sa grosse tête, hésita, finit par répondre :
— Mr Max. C'est toujours lui qui me donne les ordres. Uniquement par téléphone.
A cet instant, l'Exécuteur surprit un éclair de triomphe dans les petits yeux noirs du Sicilien. L'air de dire qu'on pourrait toujours le torturer ; sur ce point, il ne pourrait rien avouer de plus. Mais contre toute attente, au lieu d'insister, l'Exécuteur enchaîna :
— Quelle destination, cette caisse ?
Nouvelle hésitation, nouveau regard noir, nouveau grattage de la jambe, puis :
— La Valette.
Bolan leva un sourcil incrédule.
— La Valette ! Tu veux dire, à Malte ?
Sassa haussa ses massives épaules.
— *Evidentemente... Malta !*
Ce furent les dernières paroles de Sassa. Dans le dixième de seconde suivant, il avait arraché le Bodyguard de son étui de cheville. Canon exactement braqué sur la poitrine de Bolan. La détonation claqua aussitôt... et Sassa faillit hurler de joie.
Devant lui, l'Exécuteur venait de trébucher.

CHAPITRE XI

Le grand fumier avait pourtant trébuché. Il l'avait eu en plein cœur et le mafioso n'y comprenait rien. D'abord parce que le diable noir était toujours debout et que lui, Sassa, avait maintenant comme un plomb dans tout le corps. Le sentiment généralisé qu'un formidable choc qui l'avait un instant sonné. L'Exécuteur était toujours devant lui et le regardait d'un drôle d'air. Avec son Beretta à réducteur de son toujours braqué sur lui. Et la mini-Uzi demeurée en batterie.

— Tu n'aurais pas dû faire ça, Tonino.

Presque amicale, la voix d'outre-tombe. Presque tendre. Mais dans le regard minéral, il y avait un feu glacé qui brûlait. Alors seulement, Sassa ressentit la douleur. D'abord diffuse et au niveau du poignet, puis plus généralisée, et dans tout le bras. Jusqu'à l'épaule.

— Vraiment, tu n'aurais pas dû.

Sassa se sentait tout groggy. Il avait mal au cœur et il entendait son sang battre à ses tempes. Il y avait tant de reproches dans la voix sépulcrale du diable noir qu'il eut vraiment peur. On ne pouvait pas décevoir ainsi un type comme le diable noir sans encourir ses foudres les plus terribles. Enfin, le choc initial passé le mafioso recouvra un peu de lucidité. Il baissa les yeux vers sa main, s'aperçut avec horreur que le Bodyguard avait disparu et que son poignet était éclaté. Du sang en coulait abondamment et, entre les tendons et les os hachés, il pouvait voir une veine sectionnée qui vomissait un petit flot rouge. Sa vie. Incrédule, il releva les yeux, rencontra ceux de Bolan et il se mit à trembler.

Les nerfs, mais aussi la trouille. Vraie. Totale. Celle qui plante son poignard glacé dans les tripes.

— Tu as le droit de te faire un garrot, concéda l'Exécuteur. Prends ta ceinture.

Sassa lui fut presque reconnaissant. Inondé de transpiration, il s'activa en grimaçant. La douleur devait être infernale. Quand l'hémorragie fut enfin stoppée, il releva de nouveau les yeux pour demander d'une voix encore plus râpeuse :

— Tu vas pas me laisser comme ça, dis !
— Ça dépend de tes réponses.

Sassa secoua la tête, découragé. Il ne comprenait pas comment il avait pu rater le grand fumier. Et il comprenait encore moins comment il avait pu lui-même encaisser cette prune dans le poignet. C'était de la magie.

Il ignorait qu'en spécialiste de toutes les formes de guerre, l'Exécuteur avait dès le début repéré la déformation sous la jambe du pantalon de Sassa. Et que dès lors, il avait attendu sa réaction. Elle avait été d'une rapidité surprenante, mais celles de l'Exécuteur étaient toujours foudroyantes.

C'était tout simple.

— Qui devait réceptionner la caisse, à Malte ?

— Un simple intermédiaire.

— Précise.

— Treshe. Eri Treshe. Ou un de ses quatre frères, grogna Sassa en louchant avec rage sur les cadavres de ses flingueurs. C'étaient des brutes. De minables trafiquants de cigarettes et d'alcool. Avec mes débouchés, j'en ai fait des ténors du genre et j'ai multiplié leurs activités. Ils ont des garages, des commerces de toutes sortes et même des restaurants. A La Valette, tout le monde les connaît. Même les flics n'y touchent pas. Ils me doivent tout.

— Qu'est-ce qu'il devait en faire, de cette caisse, Eri Treshe ?

Sassa secoua sa tête rasée d'un air buté.

— J'en sais rien.

— Tss, tss !

Il y eut un désagréable déclic au niveau du sinistre Beretta. Presque imperceptible. Provoqué par l'index de l'Exécuteur qui avait un tout petit peu enfoncé la détente. Maintenant, il ne devait pas rester plus de deux millimètres de course au mécanisme. La mort était là. Toute proche.

— Vite, Sassa, fit l'Exécuteur. Fais vite. Ta vie fout le camp.

C'était dit avec tant de détachement que c'en était plus effrayant encore. Le Sicilien battit des paupières. Il transpirait de trouille. C'était beaucoup plus facile de faire assassiner les autres que de voir sa propre mort en face. Il craqua d'un coup.

— Ecoute, Bolan! Je... normalement, je devrais pas savoir tout ça. Mais tu sais ce que c'est... les indiscrétions...

— Accouche.

L'autre leva sur lui un regard soudain allumé d'espoir.

— Si je te dis, Bolan, tu me flingues pas? On dit que des fois, tu fais grâce!

— Parle. Pour ton salut, je verrai après.

Sassa baissa les yeux, hocha la tête et avoua d'une voix rauque:

— Ces derniers jours, je suis allé à La Valette et j'ai vu un des Treshe. Selon lui, c'est un étranger qui devait venir retirer la caisse à son dépôt. Un étranger avec une drôle de voix et un drôle d'accent. Il ne l'a jamais vu, mais c'est cet étranger qui lui aurait donné ses instructions. Toujours par téléphone.

Une nouvelle manie de la mafia, le téléphone. L'Exécuteur assena:

— Ton tuyau ne vaut rien.

Disant cela, il avait légèrement relevé le

canon du Beretta et son index blanchissait sur la détente. Il crut que Sassa allait faire un infarctus.

— Non! cria-t-il. Non, Bolan! Je...

Il cherchait frénétiquement que faire. Soudain, il parut visité par une idée géniale et lâcha en suffoquant presque :

— J'ai... j'ai un truc! Un truc fantastique!
— Ça m'étonnerait.
— Si, si! Mais... mais si on apprenait que je t'ai dit...
— Arrête de débloquer, Sassa!

Le màfioso transpirait de plus en plus et la terreur se lisait dans ses petits yeux mesquins. La terreur et autre chose aussi. L'intérêt. Car il était en train de négocier le plus important marché de son existence de pourri. Sa vie. Il y avait de quoi faire des efforts.

— Si! Ecoute... je... un type important... très important va débarquer demain matin par un vol Alitalia Rome-Valetta. Un... une espèce de super-*consigliere*. Venu spécialement des USA pour une rencontre au sommet avec un autre type. Un type encore plus important qui séjourne en ce moment à Malte. On murmure même que... qu'il pourrait s'agir... d'une des plus grosses têtes de la camora. Une sorte de *Capo* des *capi*.

Il marqua une seconde de silence, cria presque :

— Un gros bonnet, Bolan! Un *méga-capo*! Ça vaut le coup, merde!

Bolan réfléchissait à toute vitesse. Une chance sur deux que ce soit vrai ou qu'il ne s'agisse que d'une intoxe. Cet étrange jeu de piste devenait compliqué. Et très risqué. Mais quelque chose lui disait qu'en le suivant jusqu'au bout, il aurait peut-être la possibilité de faire un sérieux pas en avant dans son implacable guerre contre l'*Organized Crime*. Quelque chose qu'il ne pourrait espérer obtenir autrement.

Quelque chose qui avait un rapport direct avec son ennemi mortel... le *Protector*.

Il fallait donc relever le gant et aller jusqu'au bout de cet étrange blitz qui lui avait été imposé. Il n'avait pas le choix et, de toute façon, il voulait savoir ce qu'était devenu Andy Somek. S'il restait une toute petite chance de le sauver, l'Exécuteur devait la tenter. Pour l'honneur. Pour son éthique personnelle. Pour ne pas trahir ceux qui lui avaient fait confiance. Ne fût-ce qu'un instant.

Andy Somek était de ceux-là.

Mais il allait falloir faire très... très attention. Si le *Protector* était effectivement à la base de cette manipulation, le terrain allait être sérieusement miné.

— Comment tu peux savoir ça, toi ?

Sassa agita sa grosse tête comme s'il déplorait de ne pas être plus vite compris.

— Par Mr Max.

— Pourquoi il t'aurait dit ça, ton Mr Max ?

— Parce qu'on connaît mon réseau et qu'on

me sait capable de l'utiliser pour une exfiltration d'urgence en cas de coup dur.

Sentant l'incrédulité de l'Exécuteur, il précisa :

— Et c'est à moi qu'on a demandé d'organiser l'éventuelle sortie en catastrophe du ponte en question. Justement parce que seuls les frères Treshe sont capables de faire ça. Ils savent tout et je te l'ai dit, ils sont protégés par la police locale. Sans des types comme eux, rien ne serait possible. Faut pas oublier que Malte est une île.

Bolan le savait. Et si les autorités maltaises supportaient sans rechigner les traficotages politico-commerciaux de son nouveau protecteur Kadhafi, elles étaient en revanche très pointilleuses sur les agissements chez elles de la pègre étrangère.

— Je bluffe pas, Bolan ! gémit Sassa de sa voix de tronçonneuse. Parole ! C'est les nouvelles méthodes. Calquées sur celles du terrorisme ou du monde politique. Maintenant, les grands pontes en col blanc sont traités comme des chefs de réseau de résistance ou comme des hommes d'Etat.

C'était vrai. Précisément depuis l'émergence de cette entité du Mal qu'était le *Protector*, les choses changeaient radicalement au sein de l'*Organized Crime*. La guerre de l'Exécuteur en était devenue d'autant plus difficile. Tout ce que disait Sassa se tenait. D'ailleurs, il n'y avait jamais mieux placé qu'un trafiquant pour tout connaître de la politique et du commerce de son secteur géographique d'activités. Mais il manquait quelques détails à cette histoire. L'Exécuteur questionna encore :

— Comment je le repère, ce super *consigliere* ?

Pour la première fois depuis l'intrusion de Bolan dans le dépôt, Tonino Sassa esquissa un sourire bien torve. Un sourire vite ravalé. La douleur de son poignet était trop forte. Dans ses prunelles noires, une lueur rusée avait filtré une seconde.

— Tu le trouveras... parce qu'un unijambiste, ça se repère de loin.

L'Exécuteur fronça les sourcils.

— Un unijambiste !

Sassa acquiesça vigoureusement.

— Parfaitement. Et je le sais parce qu'on m'a précisément demandé de prendre ça en compte dans mon plan catastrophe. Tout simplement parce que même en cas d'exfiltration, on ne peut pas déplacer un unijambiste comme tout le monde.

Etrange, mais là encore, ça se tenait. Toujours à condition qu'il ne s'agisse pas d'une formidable intoxe.

— OK, fit l'Exécuteur. Mais si ton super *consigliere* débarque demain matin, comment me rendre à Malte pour l'intercepter ? Je veux dire : comment y aller vite, et en toute discrétion ?

Il ne tenait pas à ce que les *amici* locaux soient avertis de son arrivée. D'autre part, voyager clandestinement par bateau comportait trop de risques. De son côté, entrevoyant une infinitésimale raison d'espérer, Sassa se dit qu'il était primordial de survivre. Il serait toujours temps plus tard de se payer la peau du grand fumier. Avant tout, se faire rafistoler. Arrêter cette connerie d'hémorragie. Il hocha vigoureusement sa tête rasée, renseigna aussitôt :

— *Bene!* Va à Punta Raisi. Aux entrepôts du fret. Demande Taggart. Dis-lui que tu viens de ma part. Et si après tu veux qu'il ferme sa gueule, flingue-le. Des pilotes, on en trouve à la pelle. Tous d'anciens mercenaires. Des cons.

Répugnant. Pour essayer de sauver sa peau, Sassa était maintenant prêt à vendre père et mère. Il ajouta, servile et suant de trouille :

— A La Valette, ajouta-t-il sur le ton écœurant de la confidence, si tu as besoin d'armes ou de n'importe quoi, adresse-toi aux frères Treshe de ma part. A leur garage du quartier de Paola. Un truc qui rapporte pas gros, mais que j'utilise pour ma filière maghrébine.

Il devenait si bavard, si soucieux de « rendre service », qu'emporté par son élan, il avoua :

— Des brutes, les Treshe, je te l'ai dit. Mais je les tiens bien. Il y a deux ans, j'ai fait envoyer leur jeune frangine dans un bordel.

En Afrique. Une superbe salope de seize ans. Depuis, ces abrutis me bouffent dans la pogne.

Il s'arracha un ricanement salace.

— Les Maltais, ils ont le sens de la famille !

Délicieux échantillon d'humanité ! Mais, comme si soudain il craignait d'en avoir trop dit, Sassa acheva dans un souffle :

— Tu leur dis pas que c'est moi. Ils croient que c'est un grand ponte qui a fait ça et que j'essaie de leur récupérer la pisseuse. S'ils savaient...

Il n'acheva pas. Ce qu'il imaginait devait être terrible. A côté de ça, les supplices chinois étaient sans doute d'amusantes chatouilles. Il transpirait si fort qu'on l'aurait dit sorti d'une lessiveuse. Veiller à son salut éventuel et refouler sa souffrance lui dévoraient l'énergie. Pendant ce temps, le cerveau de l'Exécuteur fonctionnait à plein régime. Il venait d'entrevoir l'amorce d'une stratégie pour le cas où tout cela serait vrai. Il lâcha de sa voix d'outre-tombe :

— Tu es une larve répugnante, Sassa. Mais tu peux peut-être encore racheter ton salut.

— Oui ! Oui ! Tout ce que tu veux, Bolan !

Taraudé par la douleur de son poignet et obnubilé par sa hâte d'être soigné, Sassa ne voyait plus que l'énorme orifice noir du réducteur de son planté devant ses yeux. Sa chemise était trempée et son gros menton blême tremblait. Bolan poursuivit :

— Tu peux acheter ton salut en me disant où je peux retrouver la frangine des Treshe.

— Hein !
— Vite !
— Mais... mais t'es dingue, Bolan ! Je l'ai vendue, la gonzesse ! Y a déjà deux ans de ça ! Plus question de...
— Vendue à qui ?
— Bolan ! Tu connais pas les maquereaux blacks. Des dingues ! Je vais me faire buter, moi !
— A qui.
— Je... merde !
— Un... deux...

L'Exécuteur s'était avancé, avait délicatement posé l'extrémité du réducteur de son au milieu du front dégoulinant de sueur grasse. Sous l'effet de la peur, un filet de bave commençait à couler des grosses lèvres de Sassa. Encore un peu et il allait s'oublier dans son beau pantalon d'alpaga. Lamentable. Il se tassa subitement sur lui-même, ouvrit la bouche pour répondre, mais dut faire un terrible effort pour laisser passer un filet de sa voix de tronçonneuse :

— Bana... Banako, souffla-t-il douloureusement. Anatole Banako.
— Où je le trouve ?

Nouvel effort, nouvelle reddition.

— A... Abidjan. Là-bas, c'est le super bigmac.

Le mafioso se tassa un peu plus sur sa caisse. C'est en pleurant presque qu'il bafouilla encore :

— Si ce salaud me trouve, il me coupe les couilles.

L'Exécuteur esquissa une ombre de sourire polaire, secoua négativement la tête pour le rassurer :

— Sois tranquille, lâcha-t-il de sa voix d'outre-tombe. Anatole ne te les coupera pas et tout le monde va te laisser tranquille.

Et pour cause. Dans la seconde suivante, l'Exécuteur coupait l'herbe sous le pied à tout ce beau monde. D'une seule 9 mm du sinistre Beretta. Tirée à bout portant. En plein milieu du crâne rasé.

Pour son salut... celui de son âme si noire, Tonino Sassa allait désormais pouvoir s'adresser directement à qui de droit. Au Créateur. Dans le lourd silence du vaste entrepôt, la détonation n'avait pas résonné plus fort qu'un bouchon de Moët et Chandon qui saute.

Mais en beaucoup moins plaisant.

CHAPITRE XII

Dans le hall d'arrivée du petit aéroport de Luqa, une vingtaine de ventilateurs flegmatiques brassaient mollement l'air encore chaud. Bien que la nuit fût tombée et qu'une brise tiède se fût levée dehors, la salle de débarquement conservait la chaleur de la journée. Contrairement à la Sicile, à Malte, c'était encore l'été. Ou presque.

Au petit matin, après seulement deux heures d'un sommeil troublé par les élancements de sa blessure au cou et après des adieux hâtifs à la belle Aurélia Gucci ainsi qu'à la jeune Claudia, Mack Bolan avait contacté le pilote indiqué par feu Sassa. Puis dans l'après-midi, il avait réussi à joindre Malte par téléphone. Plus exactement, La Valette. D'abord le *Phœnicia*, pour réserver une chambre, puis un numéro du quartier Paola.

Le garage des frères Treshe.

Il avait eu Eri, auprès duquel il s'était fait passer pour un envoyé de Sassa. Eri avait promis de venir le prendre à l'aéroport. Ainsi, l'Exécuteur aurait tout le temps de lui expliquer ce qu'il attendait de ses frères et de lui-même.

Un Boeing des British Airways avait déversé son flot d'Anglais et un 737 des Libyan Airlines, en avait fait de même avec ses ressortissants. Ainsi, deux grosses files s'étaient massées devant les trois guérites vitrées du contrôle des passeports. D'un côté, une majorité d'Anglais, de l'autre une foule de Libyens. Pour ces derniers, principalement des hommes, plutôt jeunes, mal habillés, parlant bas, lançant autour d'eux des regards curieux ou méfiants. Pour eux, ces foutus Anglais s'incrustaient décidément! Ils étaient toujours là. Malgré l'association ouverte et de plus en plus flagrante entre La Valette et Tripoli. Déjà, du temps de Mintoff, après l'indépendance arrachée aux Britanniques, les Libyens avaient cru soumettre les deux minuscules îles à une annexion de fait. Sans y parvenir vraiment. En fait, rien n'avait sensiblement changé. Malte avait continué son petit bonhomme de chemin. Tout en acceptant la pluie de pétrodollars dispensée par Kadhafi. Une toute petite pluie en regard de ce que Tripoli gagnait en exploitant les gisements offshore maltais. Mais Malte était un pays minuscule et sa population n'augmentait guère.

Coincé dans la file d'Anglais, Mack Bolan rongeait son frein. Il était mal tombé. Arrivé juste après l'avion de la British. Heureusement, le vol d'Alitalia n'avait pas encore atterri.

Quand son tour vint de passer au contrôle, les haut-parleurs annonçaient le vol Alitalia. Il tendit son passeport, subit sans broncher le regard attentif du préposé. Evidemment, il y avait beaucoup de visas sur les pages du document, genre de détail qui excitait toujours un peu les services d'immigration. Si les services en question avaient su qui se cachait derrière la fausse identité de ce *mister* Dakota, ils auraient sûrement appelé les Libyens au secours.

Passé le contrôle, l'Exécuteur tourna immédiatement à gauche, déboucha dans la salle où les bagages commençaient à arriver sur leurs chariots. Ici, pas de tapis roulant. Un comptoir bas, sur lequel les manutentionnaires entassaient tant bien que mal les valises. Bolan dut patienter un bon quart d'heure. Déjà de l'autre côté des arcades condamnées par des grilles ispanomauresques, il voyait débarquer les passagers d'Alitalia. Si ça continuait, il allait se retrouver au coude à coude avec le *consigliere* unijambiste.

Enfin, son sac à bandes rouges et orné d'un autocollant UTA GALAXY arriva. Il l'arracha du chariot, faillit se faire piétiner par une horde de Libyens croulant sous des montagnes de bagages. Son grand sac à l'épaule, il parvint à devancer le courant, se présenta devant deux douaniers débonnaires qui le laissèrent passer dans une superbe indifférence. Presque vexant. Il dut encore fendre une file compacte d'Anglais devant le petit guichet de change, déboucha dans un hall noir de monde. A chaque porte de sortie, une nuée de *taxi-drivers*. Tous habillés en bleu. Les ignorant, Bolan émergea à l'air libre.

Délaissant le parking, il bifurqua à droite, contourna un bâtiment administratif et là, planté derrière une grille, Taggart l'attendait. Avec le sac de logistique. Sans chercher à savoir comment le pilote s'y était pris pour soustraire cet arsenal à la curiosité de la police de l'air, Bolan lui tendit la liasse de dollars promise, récupéra le sac et retourna au parking où il se mit à chercher l'Austin noire annoncée par Eri Treshe. Mais au bout d'un moment, il dut se rendre à l'évidence. Pas d'Austin noire.

Eri Treshe était en retard. Et l'unijambiste allait débarquer.

Ça commençait bien. Du coin de l'œil, l'Exécuteur repéra la file des taxis. Autour, des chauffeurs discutaient avec deux policiers en uniforme kaki et à casquette plate. Si Treshe lui faisait faux bond, il devrait emprunter un taxi pour filer l'unijambiste. Plus compliqué. Moins fiable aussi. Mais c'était ça ou rompre le fil ténu qui le reliait à cette étrange histoire. Alors, revenant sur ses pas, il se mit à la recherche d'un taxi. Sans succès. Tous pris d'assaut. Il lui en fallait pourtant un. L'unijambiste allait apparaître d'un moment à l'autre. D'ailleurs, une superbe Mercedes noire venait de s'arrêter en double file devant le bâtiment des arrivées. A deux mètres des flics qui lui lancèrent un regard à la fois envieux et respectueux. Derrière le pare-brise fumé, on devinait les silhouettes d'un chauffeur et de deux passagers. Un à l'avant, l'autre à l'arrière.

Treshe avait maintenant plus de vingt minutes de retard. Alors qu'il allait aborder un *driver* miraculeusement épargné par la meute des touristes, l'Exécuteur vit soudain une haute silhouette émerger du hall.

Un unijambiste !

Grand et maigre, visage anguleux et inquiétant de bandit caricaturé, l'arrivant frisait la soixantaine avec cette allure hautaine et glacée que confère l'abus de pouvoir. Claudiquant sur une prothèse invisible, ne portant qu'une petite valise, il refusa l'offre de plusieurs *drivers*. Déjà, le chauffeur de la Mercedes était descendu et lui ouvrait la portière arrière.

Et Treshe qui n'arrivait toujours pas !

N'hésitant plus, l'Exécuteur écrasa un pied très britannique, bouscula un peu une grosse Italienne surchargée de paquets, sauta dans le taxi du *driver* repéré plus tôt. Il referma la portière sur un concert de glapissements, tendit vingt dollars au *driver* médusé.

— Si tout se passe bien, lança-t-il, il y aura la même chose à l'arrivée.

Le Maltais comprenait vite. Il fit prestement disparaître le fric et démarra aussitôt. Il jeta un regard intrigué dans le rétro et demanda :

— Où est-ce qu'on va ?

Bolan lui indiqua la Mercedes.

— On la suit. Discrètement.

— OK, sir !

Sans commentaire. Bolan était tombé sur un petit futé. Envoyant mentalement Treshe au diable, il se cala contre le dossier, jeta un regard vers la Mercedes qui était déjà presque arrivée à la route.

— Go ! lança-t-il au chauffeur.

L'autre accéléra, laissa passer un autre taxi entre le sien et la Mercedes. Vraiment un petit malin. Arrivé sur le freeway, il adressa un clin d'œil au rétro, dépassa la Mercedes en trombe. Bolan esquissa une ombre de sourire. Un professionnel de la filature n'aurait pas fait mieux. Ils roulèrent ainsi sur quelques centaines de mètres, puis, avant l'embranchement de la petite route de Ghammieri, le taxi ralentit, et se laissa dépasser à son tour par la Mercedes. Au passage, malgré les glaces fumées, Bolan aperçut le profil du conducteur, puis celui de l'unijambiste. Le taxi laissa la Mercedes prendre un peu d'avance, la suivit tranquillement. D'assez loin. En direction de Qormi. Bientôt les habitations vaguement anglomauresques en maçonnerie jaune laissèrent place à des murets de pierre sèche. Bolan en avait vu de semblables aux Baléares. Malte, c'était un peu pareil. En plus pauvre. Et puis ici, on conduisait à gauche. Héritage de la dominaton britannique.

Dans le rétroviseur, les yeux du Maltais cherchaient ceux de son passager.

— C'est bien comme ça, boss?

Il devenait familier. Bolan se contenta de hocher la tête, sans quitter la route des yeux. Une petite plaque bleue annonça bientôt Qormi. A cinquante mètres de la Mercedes, le taxi roulait son bonhomme de chemin. Le *driver* avait de nouveau laissé une camionnette s'intercaler entre les voitures. Dans le pinceau des phares, Bolan pouvait voir un monceau de citrouilles tressauter sous la bâche en compagnie d'un entassement de cageots de primeurs. Les Maltais avaient de drôles d'heures de livraisons. Sur la gauche, les murets de pierres avaient laissé place à quelques constructions. Les faubourgs de Qormi. Soudain, le taxi freina. Si brutalement que Bolan faillit piquer du nez. Devant, la camionnette venait de piler. Clignotant à gauche pour s'engager dans une petite route qui redescendait vers le sud de l'île. Au débouché de la route, un camion attendait qu'elle tourne pour s'engager. Une valse hésitation qui aurait pu s'éterniser. A cet endroit, une ligne blanche continue séparait les deux voies. Le *driver* klaxonna en grognant une vague injure. Puis soudain, tout se remit en mouvement. Si vite que l'Exécuteur faillit se laisser surprendre. Heureusement, tendu par le souci de ne pas perdre la Mercedes, il nota le vrombissement anormalement emballé du camion quand celui-ci démarra. L'énorme véhicule parut se cabrer, puis d'un coup et pleins phares, il se rua à l'assaut de la route de Qormi. A une allure folle.

L'Exécuteur avait déjà compris.

Bien avant de voir la calandre et les énormes pare-chocs en gros plan.

— Attention! cria-t-il à l'adresse du *driver*.

Dans le même temps, il avait saisi son sac d'armement et s'était jeté contre la portière droite du taxi.

Trop tard.

Il entendit le chauffeur pousser un hurlement paniqué, se sentit littéralement soulevé, puis projeté en l'air.

Un choc épouvantable.

Il sembla à l'Exécuteur que le taxi se désintégrait et que son corps se disloquait. Puis à la suite d'un nouveau choc, tout se brouilla dans sa tête.

CHAPITRE XIII

C'était fou. L'Exécuteur voyait tout, à la fois comme dans un film au ralenti et à travers l'oculaire d'un kaléidoscope. Tout était lent, déformé et multiplié. Tout lui donnait aussi l'impression de n'être que spectateur. Pourtant, quelque part au fond de lui, le guerrier solitaire savait qu'il était impliqué et que sa vie dépendait des réflexes qu'il allait déployer.

Dans une demi-seconde.

Il vit le sol arriver vers lui, sentit le choc dans les profondeurs de sa chair et se dit qu'il allait s'écraser et perdre totalement conscience. Mais, bizarrement, ses mains semblaient ignorer totalement tout concept d'instinct de survie. Le choc fatal leur importait peu. Elles agissaient de manière autonome. Totalement indépendantes, tandis que Bolan fonçait vers le sol à la vitesse du son, elles s'affairaient dans le sac qu'elles avaient arraché à la banquette du taxi.

A la recherche de l'essentiel.
Une arme.
Déjà, ses doigts s'étaient refermés sur une crosse et le pouce trouvait naturellement l'emplacement de la sécurité. C'était le terrible AutoMag. La peau des doigts identifiait les stries familières du bois sculpté et l'index s'était enroulé autour de la queue de détente. Toujours comme dans un film qui ne le concernait pas vraiment, l'Exécuteur sentit le choc, éprouva une douleur violente à l'épaule, une autre à la tête. Plus forte encore. Des éclairs zébrèrent sa vue, mais il gardait les yeux obstinément ouverts. Des yeux emplis par un seul sujet. La portière du camion. Une portière dont la glace était relevée, mais derrière laquelle il avait entrevu deux têtes.

Une à casquette et avec un gros nez à l'arête bossue, l'autre crépue, avec de tout petits yeux exagérément ronds et proéminents.

Mais il avait surtout intercepté l'expression du regard. Celui de la tête crépue. Un regard de tueur. Neutre, terriblement froid. Un regard dont l'Exécuteur avait vu tant de spécimen depuis son entrée en guerre contre l'*Organized Crime*. Puis, toujours dans cet étrange ralenti qui lui donnait l'impression d'avoir un esprit hyper-réceptif, il vit la vitre s'abaisser et l'acier noir d'un canon apparaître.

Alors, tout se remit à aller très vite.
Plus de ralenti. Plus d'images multipliées.

La réalité. Implacable, incontournable. L'Exécuteur vit nettement le type à tête crépue l'ajuster. Posément. Comme au stand. Il se jeta au sol, roula sur le côté pour se mettre à l'abri du taxi accidenté. Il y eut plusieurs éclairs et il entendit les impacts sur la carrosserie. Loin de lui. Mais alors qu'il tendait son bras armé pour riposter, il sentit le souffle à la fois brûlant et glacé de la mort lui mordre la chair. Sans savoir avec précision où il avait été frappé. Dans sa main, le dévastateur Auto-Mag avait déjà craché son venin de feu et d'acier.

Deux fois.

Lui ne tirait pas n'importe où. Il tirait pour tuer. A cinq mètres à peine, il vit la tête crépue éclater sous les deux impacts et un jet de sang fusa vers lui, entraînant des choses innommables dans son flot. Ainsi qu'un lambeau de chair couronné d'un toupet de cheveux frisés qui vint s'écraser sur l'asphalte. Juste devant le nez de l'Exécuteur. Dans la seconde suivante, mû par ses formidables réflexes de guerrier, ce dernier effectuait un impeccable roulé-boulé qui le remit sur ses pieds. Galvanisé par l'action, il jeta son bras armé en avant. Comme pour assener un coup de poing.

Et l'AutoMag tonna une troisième fois.

Pour rien. La terrible 44 s'était enfoncée dans la portière du camion. Un camion qui s'arrachait aux tôles martyrisées du taxi et qui prenait la fuite. D'un saut spectaculaire, l'Exécuteur voulut se propulser à sa poursuite. Mais dans une embardée, le lourd véhicule se déporta furieusement et Bolan faillit passer sous les roues. Il ne dut son salut qu'à un plongeon sur le côté qui lui arracha un cri de douleur. Tel un diable jaillissant de sa boîte et ignorant les tortures de sa chair, il se redressa d'un bond. Dans le mouvement, il avait de nouveau élevé le lourd AutoMag et lâché une autre 44 blindée. A dix mètres, le pare-brise du poids lourd vola en éclats. Mais dans un rugissement apocalyptique de diesel martyrisé, le mastodonte se rua en avant, laissant derrière lui un nuage noir et gras de fumée puante et une épaisse couche de gomme sur l'asphalte.

A cet instant, Bolan chancela sur ses jambes.

Il eut des lucioles devant les yeux et eut l'impression désagréable que le contenu de son crâne se vidait instantanément. Mais encore une fois, sa formidable constitution reprit le dessus. Il inspira une profonde goulée d'air, souffla fort, se sentit un peu mieux.

Il n'était même pas tombé. Les nerfs.

Simplement, il avait le sentiment très aigu d'avoir été piétiné par une harde d'éléphants. Tout son corps n'était qu'une gigantesque souffrance et son crâne résonnait de bourdonnements douloureux. Mais il reprenait conscience de tout et il comprit que son malaise n'avait duré que quelques secondes.

Juste un étourdissement. A travers un voile légèrement flou, il vit les feux de l'énorme camion qui disparaissaient dans un virage et il entendit le grondement décroître. Malgré son état, l'Exécuteur comprit instantanément que c'était fichu et il sentit une rage glacée l'investir. L'unijambiste lui échappait.

La piste était coupée.

— Eh, *mister*!

Devant lui, une ombre massive venait de se matérialiser. Un colosse. Il sentit une pogne lui saisir le bras et, d'une esquive foudroyante, il balaya la main en élevant le canon du terrible AutoMag.

— *No! No, mister Dakota*! La *pulizija* va arriver!

Dakota! Son nom de code!

— *Mister Dakota*, reprit le colosse. *I am Treshe*. Eri Treshe!

Treshe! Le contact de feu Sassa. Il parlait un anglais haché et d'une voix rauque. Dans l'éclairage frisant et jaunâtre d'un lointain réverbère, Bolan distingua des traits brutaux, des yeux sombres sous de lourdes paupières, des moustaches de mongole et des cheveux très noirs, coupés ras, selon la technique discutable du bol. Un monstre. Largement une tête de plus que l'Exécuteur. Ce qui n'était pas rien.

— *Iva*! insista Treshe. La *pulizija* va arriver!

Instantanément, les choses s'enchaînèrent d'elles-mêmes. L'Exécuteur s'empara du sac de logistique que lui tendait le colosse, plongea vers l'ouverture de la portière arrachée du taxi, attrapa son deuxième bagage, tomba en arrêt devant le corps ensanglanté du *taxidriver*. Le pauvre n'avait pas eu de chance. Cage thoracique et crâne défoncés, il gisait sur son volant brisé, baignant dans une mare de sang. Atroce. Sans ses réflexes foudroyants, l'Exécuteur aurait été tué aussi.

— Vite, vite! s'impatientait Treshe. La police va arriver!

Il avait raison. A Malte, petite île de douze kilomètres de large sur vingt-cinq de long, les distances étaient très réduites. Chargé des deux sacs, il sauta sur le siège passager de l'Austin, tandis que le géant parvenait à s'encastrer sous le volant. Autour de l'épave du taxi, quelques voitures commençaient à s'arrêter. Heureusement, hors saison, les routes maltaises se vidaient à huit heures du soir et ceux-là étaient les premiers témoins. Personne ne s'intéressait encore à l'Austin noire. Treshe fit un rapide signe de croix, déposa un baiser très dévot sur une image de la Vierge accrochée au rétroviseur et démarra. Un instant plus tard, l'Austin s'enfonçait dans Qormi. Elle longea des façades surchargées de balcons ou de loggias à persiennes. Les rues étaient désertes et l'éclairage plutôt maigre.

Treshe contourna une place minuscule, enfila une autre rue, ralentit enfin.

— J'ai vu toute la scène, lâcha-t-il soudain. Le chauffeur de la Mercedes a adressé un signe à celui du camion. Juste en passant devant. Ils sont de mèche.

En d'autres circonstances, l'Exécuteur aurait souri.

— Je sais, dit-il.

Il hocha la tête, se palpa le crâne. Il était contusionné d'un peu partout, la blessure de son cou le faisait souffrir et une douleur lancinante lui fouaillait le flanc. Il se souvint du choc ressenti plus tôt, glissa la main sous son blouson de cuir et la ramena rouge de sang.

— Par la Madone! s'exclama le Maltais. Vous êtes blessé!

L'Exécuteur alluma le plafonnier, ouvrit sa chemise. Simple blessure en séton. Une balle l'avait frappé sous l'aisselle gauche, était ressortie en emportant un peu de chair. Douloureux, mais facilement réparable. Pour un tueur, feu le type aux cheveux crépus tirait étrangement mal. Heureusement.

Revenant aux choses pratiques, Bolan questionna :

— Pourquoi ne m'attendais-tu pas à Luqua comme prévu?

— Désolé, boss. C'est à cause de Pinu.

Bolan bouchonna la plaie de son flanc à l'aide d'un mouchoir, fronça les sourcils.

— Pinu?
— Un cousin, boss. Angel Pinu. C'est lui que j'ai chargé de suivre la Mercedes.
Il tourna un regard soudain inquiet.
— C'est bien ce que vous aviez demandé au téléphone, hein?
— Affirmatif, fit Bolan. Bien joué. Pour la filoche, une moto, c'est mieux qu'une bagnole.
Et qu'un tracteur. Le colosse se rengorgea avant de poursuivre :
— Seulement, la moto de Pinu était en panne. Il a fallu réparer en catastrophe. D'où le retard. Je suis juste arrivé à Luqa quand votre taxi démarrait. Juste eu le temps d'apercevoir les bandes rouges de votre sac de voyage et l'autocollant UTA GALAXY collé dessus. Comme vous m'aviez dit par téléphone.
L'Exécuteur hocha la tête.
— Finalement, reprit Treshe, mi-figue, mi-raisin, si j'avais été à l'heure, c'est l'Austin qui serait en bouillie. Et moi avec.
Très probable, en effet.
Le Maltais observa un bref silence, avant de s'étonner :
— Ils vous en voulaient drôlement, ceux du camion.
On ne pouvait mieux résumer la situation.
— C'était qui, ces enfoirés?
— On verra ça plus tard, éluda l'Exécuteur. Où et quand revois-tu ton cousin pour son rapport de filature?

— Dès que la filoche sera finie, boss. Il nous rejoint chez nous. Les frangins et moi, on habite ensemble. Avec ma mère.

La mère était certes de trop, mais il fallait faire contre mauvaise fortune bon cœur.

— OK, fit Bolan. Allons chez toi. En attendant ton cousin, j'ai à vous parler, à tes frères et à toi. Ensuite, tu me déposeras au *Phœnicia*.

Le géant hocha sa grosse tête. Il était visiblement intrigué et il s'inquiéta :

— Il vous faudrait un médecin. Je connais...

— Non, coupa Bolan.

Le Maltais lui lança un regard en biais, lâcha :

— OK, boss.

Puis il alluma l'autoradio de l'Austin, déclencha pas mal de parasites en cherchant une station et sourit à Bolan.

— Si on n'a plus rien à se dire, boss... on a une copine qui est speekerine sur Radio-Malta.

Sur ces mots, il mit le son à fond et une musique mi-arabe, mi-espagnole emplit l'habitacle. Eri Treshe était une nature simple. « Melomane », pas contrariant, pas émotif non plus.

Bon signe pour la suite.

Une suite dont l'Exécuteur se demandait bien ce qu'elle serait vraiment. Mais de plus en plus, une petite voix intérieure lui soufflait que tout ce cirque n'était que la partie visible de l'iceberg. Restait à savoir de quoi était constituée la partie immergée. Sûrement une belle galère. Mais pour le savoir, il fallait continuer à payer d'avance.

En espérant que ça ne soit pas trop cher.

CHAPITRE XIV

— Je l'ai pas vu se relever.
Andrea Santo était trop nerveux. Pour un *caporegime*, c'était fâcheux. Il ne ferait pas de vieux os. Et dans ce domaine, Mr Max s'y connaissait. Lui, cela faisait près de vingt ans qu'il n'avait plus été confronté à l'action sur le terrain. Pourtant, depuis le début de son périple Palerme-Rome-Luqa, il se sentait de nouveau en forme.
Surtout depuis qu'il avait vu le grand fumier.
Incroyable ! Il était passé à quelques mètres de lui et leurs véhicules s'étaient dépassés à plusieurs reprises. S'il l'avait voulu... ou plutôt s'il l'avait pu, il se serait payé un sacré carton. Mais les ordres étaient les ordres.
— Je suis sûr qu'il s'est pas relevé !
— La ferme ! grogna Mr Max, agacé. De toute façon, impossible d'y retourner. On doit poursuivre le plan « Albatros ».
Même s'il n'était encore sûr de rien. Il ajouta à l'adresse du chauffeur :

— Appuie un peu, pour voir.

La Mercedes accéléra en douceur. Elle venait juste de dépasser le petit pont de pierres reliant Manoel Island à Marina Street et grimpait la côte vers le Fort Tigné et Sliema. A droite, la rade, ses vedettes et ses barques de pêche. Plus loin, surréaliste masse d'acier futuriste, le module technique d'une plate-forme de forage offshore. Libyenne. Amenée en radoub pour réparations. Avec ses fanaux de chantier, elle ressemblait à une future station orbitale de l'espace.

— Je crois qu'on est bons, annonça soudain le chauffeur.

Il conduisait, un œil accroché au rétro intérieur. Mr Max tourna une nouvelle fois la tête vers la lunette arrière, plissa les paupières pour mieux voir et un rictus asymétrique étira le coin droit de sa bouche trop fine.

— Possible, admit-il. Manœuvre.

Sous-entendu, effectuer une suite de ralentissements et d'accélérations pour vérifier ses arrières. Un manège qui se poursuivit tout au long de Marina Street. Dans la voiture, le silence s'éternisait. De temps à autre Mr Max tournait la tête vers la lunette arrière. Il n'était pas encore absolument convaincu. Pas plus qu'il ne l'était d'avoir vu se relever le grand fumier après la fusillade. Mais il fallait continuer. *On* ne lui pardonnerait pas la moindre erreur.

— Accélère, ordonna-t-il au chauffeur. A fond.

Maintenant, la voiture quittait le Strand pour foncer à l'assaut de Tower Road. Et Mr Max était encore indécis. En matière de filature, tout était délicat. A son volant, le chauffeur devait être dans le même état d'esprit. Il questionna, embarrassé :

— Qu'est-ce qu'on fait ?

Mr Max hésita à peine.

— On fait un tour ou deux.

Loin derrière, le phare unique de la moto supposée suiveuse avait disparu. La Mercedes longea bientôt les magasins fermés de Tower Road, la zone shopping de La Valette. Elle dépassa l'agence d'Air Malta, ralentit à l'angle de Tigné Street. Une camionnette déboîtait. Décidément trop nerveux, le voisin de Mr Max avait dégainé un énorme 45. Mais le véhicule s'éloignait tranquillement vers Saint Julian's Point.

— Tss, tss ! fit seulement Mr Max.

Santo rengaina le Colt et la Mercedes repartit. Pour stopper cinquante mètres plus loin devant les grilles vertes de l'ambassade de Libye. Dans le pinceau des phares, les ramures d'un grand cèdre oscillaient sous la brise. Plantée dans le parc comme une pâtisserie blanchâtre, la villa de l'Ufficju Popolari Tal-Gemaherija Gharbija Libjana. Cinquante mètres plus loin, à droite, l'esplanade au sol à damiers au bout de laquelle s'élevait le restaurant *Fortizza*. Un vrai fort. Avec une vue superbe sur la Méditerranée. Dans la lumière de ses projecteurs d'enseigne, une superbe Rolls Silver Shadow grenat luisait de tous ses chromes. Feux allumés, chauffeur au volant. Devant elle, une BMW grise, avec quatre hommes à bord, et juste derrière elle, une autre BMW grise. Egalement occupée par quatre hommes. Le chauffeur de la Mercedes fit clignoter ses phares et les stops de la BMW s'allumèrent par trois fois.

— C'est OK, fit Mr Max. Gare-toi comme prévu.

La Mercedes alla achever sa course contre le trottoir opposé, exactement à hauteur de la Rolls, au débouché de Graham Street. Le chauffeur arrêta son moteur, mais laissa ses feux de position allumés. Mr Max laissa fuser un bref soupir, attrapa l'attaché-case posé sur la banquette entre son voisin et lui et prévint :

— A partir de maintenant, faites gaffe.

Puis il quitta la Mercedes et, de son pas claudiquant et raide, il se mit en marche vers la façade éclairée du *Fortizza*. Avec en tête une quasi-certitude. Le plan « Albatros » allait marcher. Forcément... puisque le grand fumier était venu donner tête baissée dans le piège maltais.

Un superbe piège. L'œuvre d'un génie !

Angel Pinu laissa échapper un soupir de soulagement. Encore une fois, il avait été le plus malin et sa filature était réussie. Au prix d'un tortueux périple qui lui avait mis les nerfs en pelote. Mais il connaissait l'île comme sa poche et les autres n'avaient rien remarqué. Les

Treshe ne lui auraient jamais pardonné un échec. Maintenant, sa Honda muette et feux éteints, il était posté dans l'ombre d'un porche, à la jonction en fourche de Graham Street et de Luzju Street, à deux pas d'un snack situé au débouché de Tower Road. Un poste d'observation idéal, car il pouvait à la fois surveiller la Rolls, les autres voitures et le *Fortizza*, où venait justement d'entrer l'échalas claudiquant. Pour un unijambiste, il marchait d'ailleurs plutôt bien. Une prothèse pareille devait coûter une fortune. Au moins le prix d'une 750 neuve. Pour avoir autant de fric, il fallait être un sacré malin.

Angel Pinu avait lu beaucoup de romans policiers. Il savait donc que la patience est une des vertus de tout bon flic en planque. Pas question de repartir. L'unijambiste ressortirait forcément du restaurant et il le filerait de nouveau. Un exploit de polar qui blufferait ces brutes de Treshe. Ça leur prouverait qu'il ne suffisait pas d'avoir des muscles comme des jambons pour être un crack. Il fallait aussi du chou. De la matière grise, de l'esprit de décision.

Il en était là de son énumération mentale, quand plusieurs silhouettes apparurent tout là-bas, sur le perron du *Fortizza*. Exactement six. Dont celles de quatre montagnes de muscles qui en encadraient deux autres. A leurs attitudes, Pinu comprit tout de suite qu'il s'agissait de gardes du corps. Quant aux deux autres, elles étaient aussi dissemblables qu'il était possible de l'être. Celle de l'échalas, dégingandée, interminable en hauteur, et celle d'un autre type, plutôt grand aussi, mais taillé comme une véritable barrique. Celui-là portait un large chapeau noir et quelque chose qui ressemblait à une cape était jeté sur ses épaules. L'ensemble évoquait vaguement la légendaire silhouette d'Orson Welles dans Citizen Kane. En plus imposant encore. Il avait un ventre si gros qu'il fallait forcément deux ceintures pour en faire le tour. Détail curieux, c'était la barrique qui s'aidait d'une canne. L'unijambiste, lui, traînait la patte en balançant son attaché-case au bout de son bras. Pinu vit le groupe se diriger vers les voitures et ceux qui occupaient les BMW en sortirent pour venir entourer la Rolls. Ballet impressionnant pour un type aussi épris de polars que l'était Pinu. D'autant que les mains des gorilles étaient toutes enfoncées sous les vestes. Il y avait de l'artillerie.

Excité, Angel Pinu vit l'unijambiste et la barrique discuter un instant devant la portière ouverte de la Rolls, puis ils s'engouffrèrent dans cette dernière et les gorilles sautèrent dans les BMW. L'instant d'après, les trois véhicules démarraient ensemble, aussitôt suivis par la Mercedes.

Angel Pinu ne fit qu'un saut jusqu'à sa Honda. Il l'enfourcha, démarra et déboucha sur Tower Road au moment où les feux arrière de la Mercedes disparaissaient dans le virage. Il accéléra, retrouva le cortège avec soulagement et se mit à le suivre à distance. D'abord en suivant la pointe de Saint Julian's, puis en longeant le quartier de Gzira pour rejoindre la Sliema Regional Road, espèce d'autoroute qui, par Msida, permettait de retomber sur un écheveau de freeways plus ou moins bien aménagés. Quand le cortège contourna Santa Venera et qu'il passa devant l'hôtel Wignacourt pour piquer résolument vers l'ouest, le cousin des frères Treshe comprit qu'ils allaient en direction de Rabat. Et vers les uniques « montagnes » de Malte.

Des reliefs qui dépassaient à peine les 600 mètres.

De plus en plus réduite, la circulation obligeait maintenant Pinu à laisser davantage de distance entre le cortège et lui. Ils passèrent bientôt Mdina endormie, puis ce furent les premiers contreforts et la ville de Rabat. Au-delà, hormis le site de Dingli et son point de vue exceptionnel, ce n'était plus que la « montagne ». Pourtant, le cortège poursuivait sa route.

Une route qu'il quitta justement à la sortie nord-est de Rabat pour s'engager sur une petite voie secondaire où deux voitures pouvaient à peine se croiser. Angel Pinu connaissait la région. Par là, il n'y avait que quelques points de vue purement touristiques. Uniquement destinés aux maniaques de la randonnée. Pour trouver à nouveau la civilisation, il fallait redescendre les escarpements de la côte ouest, où quelques Libyens avaient fait construire de rares mais luxueuses villas. De vraies places fortes, d'où même des armées de Tchadiens kamikazes ne les auraient pas délogés.

Ce fut justement une de ces villas qui accueillit le cortège. Tout en bas de la crête de Mtahleb, perchée sur une plate-forme rocheuse qui surplombait la mer à plus de vingt mètres d'à-pic.

Des murs hauts et aveugles pris dans le rocher et tout un côté adossé à la falaise. Un seul portail d'entrée, apparemment blindé et, à la faveur des projecteurs qui éclairaient les trois côtés, on pouvait apercevoir une sorte de chemin de ronde situé tout en haut. Avec des gardes. En civil, mais très probablement armés.

Une véritable forteresse.

Pinu abandonna la Honda et, de loin, il contourna la villa forteresse. Du côté de la mer. Et grâce à une demi-lune enfin levée, il nota la présence d'un escalier taillé dans la roche, qui descendait jusqu'à une minuscule anse où était ancré un superbe yacht de couleur foncée. Un vrai petit paquebot. Avec un immense pont supérieur aménagé en salon, une petite piscine et à la poupe, une large zone vide marquée d'un cercle blanc. Pinu vérifia ses arrières et, pris par l'aventure, il effectua une longue descente qui l'amena jusqu'à une espèce de plate-forme en béton où une porte métallique s'ouvrait dans la falaise. Un palier qui, plus loin, formait à la fois un embryon de digue et une jetée sommaire. De là, une autre série de marches descendait jusqu'à l'eau où était amarrée une « cigarette ». Un monstre redoutable. Une fusée. Aussi foncée que le yacht. Pinu se pencha, distingua l'amorce d'un cintre de radier maçonné qui affleurait la surface. Sacrés égouts pour une simple villa.

Poussé par cette nouvelle vocation de détective qu'il sentait poindre en lui, il eut envie d'en savoir plus. Ne fût-ce que pour épater les Treshe qui se moquaient toujours de lui. Mais il se dit que c'était très imprudent et que cela ne donnerait rien de plus. Il en savait assez pour le moment. Il avait été chargé de suivre l'unijambiste et c'était fait. Au-delà du raisonnable. Gros à parier que tout ce petit monde allait passer la nuit ici. Demain serait un autre jour.

Les Treshe, il allait leur en mettre plein la vue.

— *Don't move, bastard.*

Le cœur de Pinu manqua un battement. Derrière lui, la voix était presque amicale. Mais les propos démentaient le ton. Les propos et cette chose dure et glacée qui s'enfonçait dans sa nuque. Il voulut tourner la tête, mais une douleur aiguë l'en dissuada. Déjà, des mains brutales le fouillaient. Une silhouette épaisse sortit de l'ombre, apparut dans un reliquat de lumière des projecteurs. Une face de gorille. L'arrivant menaçait le ventre de Pinu avec un PM. Dans sa nuque, le canon invisible s'enfonça davantage, tandis que la voix amicale murmurait :

— C'est pas beau, de regarder chez les gens.

Un cri de panique gonfla la poitrine d'Angel Pinu. Son ventre gargouilla sinistrement et il ouvrit la bouche pour extérioriser le cri, mais au même moment, son crâne explosa dans une gerbe d'étincelles douloureuses.

C'était idiot. Les frères Treshe allaient bien rigoler !

CHAPITRE XV

— Je ne suis pas un ami de Sassa. En réalité, je l'ai tué.

Le silence qui succéda à cet aveu fut si épais que Mack Bolan put entendre nettement le tic-tac pourtant léger de sa montre. Les quatre monstres en bras de chemises le regardaient de leurs petits yeux noirs. Mais leur expression avait brusquement changé. Au point que Bolan crut même discerner quelques lueurs de meurtre dans les prunelles d'Eri Treshe. Dans le même temps, la main monstrueuse d'Agal Treshe descendait sournoisement en direction de sa ceinture.

Une ceinture de laquelle dépassait la crosse tout aussi impressionnante d'un superbe Colt Python 347 Magnum. Quant à Zaré Treshe et à son frère Jan, ils s'étaient déjà à demi levés de leurs chaises. Sans doute pour mieux défourailler.

— Tss, tss, fit l'Exécuteur. On écoute d'abord les explications.

Il n'avait pas bronché. Sa main à lui n'était qu'à deux centimètres de la crosse tout aussi énorme du terrible AutoMag. Ce fut peut-être ce qui calma aussitôt les ardeurs d'Agal.

— OK, finit par dire Eri Treshe. On vous écoute.

Ils étaient tous les quatre dans l'arrière-garage de Paola, assis autour d'une table où traînaient des reliefs de repas. Une bouteille d'eau de vie y trônait, en compagnie de cinq verres remplis à ras bord. Bolan avait trempé les lèvres dans le sien... pour le regretter aussitôt. Comparé à ça, le vitriol entrait dans la catégorie des chatteries sucrées. De quoi rêver à un bon Hennessy-Glace. Mais l'Exécuteur avait d'autres idées en tête. Tâchant d'être le plus succinct possible, il raconta ce qui s'était passé entre Sassa et lui, passant toutefois sous silence sa véritable identité et mettant ses agissements sur le compte du règlement de conflit personnel entre certains mafiosi et lui.

Quand il eut terminé, l'incrédulité flottait toujours dans les yeux des frères Treshe. Soupçonneux, Eri lui demanda :

— Qu'est-ce que vous attendez de nous, alors ?

— Votre aide. Egalement pour une exfiltration discrète en cas de besoin. En fait, il s'agira peut-être d'une exfiltration collective. Pour trois personnes.

Si ce qu'il croyait sur le piège qu'on lui tendait était vrai, dans le lot, il y aurait même une super-exfiltration. Le plus beau coup de l'Exécuteur depuis le début de sa guerre. Mais on n'en était pas encore là.

De leur côté, les frères Treshe s'étaient mis à parler entre eux. En maltais. Cela tenait à la fois de l'éternuement, du sifflement et du feulement. Le tout dans un idiome qui ressemblait à de l'arabe, du grec, de l'espagnol et du turc mélangés. Hideux et parfaitement incompréhensible. Puis Eri Treshe reporta son regard sur Bolan et grogna, à peine aimable :

— C'est que ça change tout. Nous, Sassa, on y tenait. On y tenait même vachement.

Il y avait un début de soupçon de menace dans le ton. Les mains s'approchaient des crosses. Dans les deux camps. Avec toujours un petit avantage du côté de l'Exécuteur.

— Ça, je le sais, fit ce dernier. Même que vous aviez bigrement tort.

Une ombre de sourire glacé s'était inscrite sur sa face granitique, mais son regard minéral demeurait accroché à celui d'Eri Treshe. Visiblement le leader du quatuor.

— Pourquoi vous dites ça ?

Toujours le même petit soupçon de menace. Alors, Bolan lâcha sa carte maîtresse. L'histoire de la petite sœur envoyée dans les bordels africains. A cette évocation, il crut que les quatre Treshe allaient se ruer sur lui en même temps.

— Sarah ! firent-ils en chœur.

Comme par miracle, le terrible AutoMag était apparu dans la main de l'Exécuteur. Avec une nette longueur d'avance sur les gestes des Maltais. Choqués par la nouvelle, ces derniers ne savaient plus ce qu'ils faisaient. Ils se retrouvèrent tout bêtes, les mains encore posées sur leurs crosses toujours coincées.

Question de professionnalisme.

L'Exécuteur ne les laissa pas respirer. Il assena :

— Le premier qui fait mine de me braquer est mort. C'est pour votre sœur, c'est Sassa lui-même qui m'a tout avoué. Pour essayer de sauver sa peau. Dans ces moments-là, on ne bluffe pas. A moins d'être extrêmement courageux et très intelligent. Or, Sassa n'était ni l'un ni l'autre. C'était une larve.

Il marqua un temps, poursuivit :

— Maintenant, écoutez bien. Le moyen de la retrouver, votre sœur, je le connais.

— Hein !

C'était Agal. Fou d'impatience. Le plus jeune, le plus impulsif aussi. Eri le calma d'un geste.

— Avant de mourir, reprit l'Exécuteur, Sassa m'a livré le nom du mac qui l'a achetée. Je vous le donnerai à mon tour. Quand cette affaire sera terminée... et seulement si vous m'aidez.

Il avait un peu honte de ce chantage, mais c'était la guerre. Et les frères Treshe n'étaient quand même pas exactement d'innocentes rosières.

— Et si vous crevez avant ?

Ça, c'était Eri Treshe. Décidément plein de bon sens. L'ombre de sourire polaire réapparut sur les traits de l'Exécuteur.

— A vous de veiller sur ma santé, laissa-t-il tomber, plein de morgue.

Cette fois, le silence s'éternisa. Chacun des frères Treshe était perdu dans ses pensées et Bolan passait en revue les éléments de son plan. Un plan encore secret. Avant d'aller plus loin, il fallait attendre le rapport du cousin Pinu.

Un cousin Pinu qui tardait à se manifester.

*
**

— Qui !

Depuis qu'il avait émergé de son évanouissement, Angel Pinu sursautait à chaque éclat de voix. Epuisé par les coups, mort de trouille de l'esprit complètement chamboulé, il n'arrivait pas à comprendre comment il s'était ainsi fait surprendre.

Idiot. Les frères Treshe auraient de quoi rigoler.

Il ignorait aussi combien de temps il était resté dans les pommes. Sûrement longtemps. Une terrible nausée le torturait et il tremblait de tous ses membres. La réaction. La peur aussi. Surtout depuis qu'il avait ouvert les yeux sur ce spectacle affreux. Là, devant lui, accroché au mur suintant d'humidité, un supplicié entièrement nu et ensanglanté était écartelé à deux mètres du sol. Les membres pris dans des fers. Comme dans les scènes de torture des films. Mais là, il ne s'agissait pas de cinéma. Tout était vrai. Et ce jeune inconnu blond le regardait sans paraître le voir. Comme s'il était déjà mort.

Mais Pinu savait qu'il ne l'était pas.

A plusieurs reprises, il l'avait vu battre des paupières sur ses yeux hagards. Comme pour lui délivrer un message muet. Abominable. De quoi faire des cauchemars durant des siècles.

Mais Pinu ne vivrait pas pendant des siècles.
Ces salauds allaient le tuer.

— Tu travailles pour qui ?

Le type à la voix presque douce s'était écarté, laissa la suite de l'interrogatoire à celui qui hurlait. Un interrogatoire qui n'avait encore rien donné. On lui posait toujours la même question, il résistait et les coups pleuvaient. On aurait dit un mauvais film policier. D'autant que l'acteur principal fatiguait singulièrement. Pas l'étoffe d'un héros, Angel Pinu. Simplement, pour le moment, il avait encore plus peur des réactions de ses cousins que de celles de ses bourreaux.

— Qui ?

Attaché sur sa chaise métallique, un œil fermé par les coups, Angel Pinu ne voyait plus qu'une partie de la sinistre cave voûtée où on l'avait descendu sitôt après sa capture. Pour seul éclairage, une seule ampoule pendait du plafond, dispensant une triste lumière jaune qui donnait aux visages des allures de masques funéraires. Angel Treshe avait peur. Très peur. Mais il tenait bon.

— Qu'est-ce que tu foutais dans le coin ? hurla encore la brute. Pour qui tu surveilles cette villa ? Parle, ou on te donne à bouffer aux requins.

Des requins! A Malte?

Pinu en doutait, mais l'heure n'était pas à ce genre de polémique. Il réfléchissait. S'il parlait tout de suite, les cousins Treshe risquaient d'avoir des ennuis. S'il tenait bon quelques heures, ils s'inquièteraient de son sort et seraient sur leurs gardes. Et les frères Treshe sur leurs gardes, ça valait un bataillon de la meilleure armée.

— Pour qui tu bosses?

Pinu encaissa un gnon en pleine face et entendit une de ses incisives se casser. La douleur fut aussitôt intolérable et il cria. Du sang coula de sa bouche. Simple éclatement de lèvre. Mais bizarrement, ce fut ce détail qui fit la différence. Il lâcha une espèce de sanglot sec et craqua d'un coup:

— Mes cousins, avoua-t-il, mort de honte. C'est eux.

Un terrible coup de pied lui arriva en pleine face, faisant sauter une autre dent. Le salaud avait deviné le point sensible.

— Quels cousins? Leurs noms!
— Treshe. Les frères Treshe!

Pinu était brisé.

— Explique! hurla l'autre. Vite!

Fou de douleur, crachant le sang, le Maltais parla:

— Ils m'ont dit de suivre la Mercedes. Depuis l'aéroport.
— Pourquoi?

Pinu secoua misérablement la tête.

— Je ne sais pas.

Un autre coup de pied lui entailla l'arcade sourcilière et il vit des feux d'artifice rouges et jaunes. Il hoqueta :

— Je sais pas pourquoi. Je le jure sur la Madone !

Un rire grinçant résonna.

— La Madone, t'as intérêt à bien la peloter. Attrapez-le, vous autres.

Pinu se sentit empoigné, délivré de ses liens et arraché de sa chaise. On le traîna dans des couloirs suintants d'humidité et il se retrouva dans une pièce où étaient entassés toutes sortes d'accessoires de pêche et de marine. La brute l'envoya à terre d'une bourrade et deux autres s'affairèrent aussitôt sur lui.

— NON !

Il venait de comprendre pourquoi on venait de lui serrer le cou dans cette espèce de collier métallique. Un anneau ouvert qui se fermait par un cadenas et qu'on reliait à une chaîne. Au bout de cette dernière, une gueuse de fonte. La méthode classique de la mafia. On lisait ça dans tous les polars.

— NOOON !

Mais les cris de Pinu ne faisaient même pas sourciller les pourris. Ils œuvraient calmement. Comme s'ils avaient répété la scène très souvent. De vrais tueurs. Glacés, efficaces. Pinu se sentit de nouveau soulevé et on le traîna vers une porte métallique qui s'ouvrit devant lui. Il vit la lune, comprit qu'ils débouchaient sur la plate-forme bétonnée qu'il avait visitée plus tôt.

— NOOONNN !

Celui qui avait la voix normale poussait Pinu vers le quai, les deux autres portaient la gueuse. A voir leurs mines, elle était très lourde. Pinu fut jeté dans la « cigarette », les brutes s'assirent sur lui et il entendit le moteur ronronner. Bientôt, il comprit aux balancements du bateau qu'ils voguaient vers le large et des larmes montèrent à ses yeux.

C'était fini. Il allait mourir.

Et les frères Treshe le haïraient d'avoir parlé.

— Non !

Il n'avait même plus la force de crier. Il avait si peur que sa gorge était nouée et refusait de laisser passer les sons. Enfin, la « cigarette » ralentit et on redressa Pinu. La côte n'était qu'à quelques centaines de mètres.

— Tu vas engraisser les langoustes, ricana celui qui criait. Après, on les bouffera.

Les trois salauds l'empoignèrent de nouveau, lui firent passer le buste par-dessus la coque et, juste à cet instant, malgré sa panique, malgré son désespoir, Angel Pinu nota le détail.

Un détail incroyable.

Mais il devait délirer...

CHAPITRE XVI

— Il lui est arrivé une crasse.

Il était presque une heure du matin et cette sinistre certitude émanait d'Eri Treshe. Cela faisait même trois ou quatre fois qu'il se résignait à l'émettre. En précisant systématiquement : « Ça, c'est sûr. » Mais cette fois, il n'eut pas le temps de compléter sa remarque. La porte du garage s'ouvrit à la volée, faisant bondir les quatre frères en même temps sur leurs pieds.

Armes aux poings.

L'apparition qui s'encadra dans l'ouverture les tétanisa. Figés, ils restaient bouches ouvertes et regards incrédules, n'osant encore reconnaître formellement leur cousin Pinu dans ce cadavre ambulant.

Plein de sang, bourré d'ecchymoses.

— Angel!

Eri Treshe s'était précipité le premier. Immense comparé à Pinu, il le souleva pratiquement de terre pour l'aider à venir s'asseoir à la table. Puis, toujours prévenant, il lui colla un verre plein de gnôle sous le nez et l'obligea à en avaler la moitié du contenu. Le petit cousin s'étrangla, toussa, vomit un peu de liquide et, les yeux hors de la tête, il souffla enfin :

— Je... je vous ai vendus.

Eri Treshe ne comprit pas tout de suite. Il obligea son cousin à finir le verre, lui tapa dans le dos pour l'empêcher de mourir d'étouffement et ce fut son frère Agal qui vint se pencher sur Pinu.

— Tu as dit quoi, Angel ?

Son ton recelait un début de doute. Le cousin le lui ôta dès les premières paroles de son récit. Il dit tout. Depuis l'aéroport jusqu'à la villa-forteresse de la côte Ouest, en passant par les détails topographiques et par la séance de tortures. Quand il eut terminé, la consternation se lisait sur les quatre faces des frères Treshe. Puis, tout se remit en mouvement et ce fut encore une fois Eri qui dénoua la situation. D'un geste paternel, il tapota l'épaule de son cousin et lâcha sentencieusement :

— T'as pas trahi, Angel. On t'a arraché des aveux.

Les effusions passées, Pinu fit valoir, encore honteux :

— Maintenant, ils savent. Ils vont débarquer.

— On les attend ! grondèrent les quatre Treshe.

— Ça m'étonnerait qu'ils viennent, intervint l'Exécuteur.

Il avait toujours son idée sur la question. S'attablant face à Pinu, il demanda à brûle-pourpoint :

— Comme ça, à chaud, tu pourrais me dessiner un plan de ce que tu as vu ?

— Oui.

Dans son état, c'était de l'héroïsme. Pinu n'y voyait que d'un œil et il avait l'impression qu'un train lui était passé dessus. Mais il y avait ces aveux à se faire pardonner. Et pour ça, il se sentait capable de n'importe quoi. Déjà, Eri lui donnait papier et crayon.

Quand les dessins furent achevés, l'Exécuteur les détailla, consulta une carte de Malte qu'on venait d'étaler sur la table. Eri Treshe commenta :

— Je vois où c'est. La villa a été construite sur l'emplacement d'un ancien fort aujourd'hui disparu. Mais on dit qu'il reste des caves, peut-être même des cellules. Faudrait consulter les archives. Je vais me renseigner.

Bolan hocha la tête, resta songeur un long moment, avant de questionner :

— Angel. Tu es sûr, pour le jeune type blond ? Il était vivant ?

— Oui. Certain. Mal en point, mais vivant.

Le type blond ne pouvait être qu'Andy Somek. Quelle que soit la nature du piège et ses conséquences, l'Exécuteur se devait d'aller essayer de le tirer de là.

— OK, fit-il. Raconte-nous encore comment tu t'en es tiré.

L'autre leva sur lui son unique œil valide. Désespéré.

— Vous me croyez pas, hein ?
— Si.

C'était pourtant incroyable. Mais ce que venait de raconter Pinu renforçait le guerrier solitaire dans sa conviction profonde. Tout ça n'était qu'une mise en scène. Un vaste et ambitieux scénario écrit par un génie du mal. Dans un but très précis. La peau de l'Exécuteur.

Ils étaient tous manipulés. Depuis le début.

Et il semblait bien que le dénouement de cette histoire dingue approche. Si Bolan ne se trompait pas, on en était même à l'avant-dernier acte. Un acte qui n'était pas écrit par l'Exécuteur, mais qu'il avait néanmoins l'intention de corriger. A sa façon. Mais pour cela, il devrait faire attention. Très attention. En face, il avait cette fois un adversaire de taille. Le plus grand, le plus puissant et aussi le plus intelligent.

Le *Protector*.

L'Exécuteur en était certain. Il le sentait par tous ses nerfs, par tous les pores de sa peau et par toutes les ondes qui l'entouraient depuis le début de ce blitz aux étranges méandres.

S'adressant de nouveau au cousin des Treshe, il déclara :

— Je te crois, Pinu. Je te crois, mais je veux de nouveau entendre comment tu t'en es tiré.

— Il a raison, Angel, renchérit Agal en frappant affectueusement la nuque de son cousin du plat de la main.

L'autre piqua du nez, faillit renverser la bouteille de gnôle, mais, docile, il répéta :

— Ben voilà. Juste... juste avant qu'ils me balancent à l'eau avec cette gueuse de fonte accrochée au cou, je me suis rendu compte que... que le cadenas reliant la chaîne au collier de ferraille était mal fermé. Un gros. Un très gros cadenas, mais un cadenas entrouvert.

Il marqua un temps, ponctua timidement :

— Dingue, non ?

— Si, fit Agal. Continue.

— D'abord, j'ai cru que les coups m'avaient dérangé la cervelle et je suis parti au bouillon. J'ai coulé aussitôt. A pic. Je sais pas sur quelle profondeur, mais j'avais les éponges et les oreilles prêts à éclater. Moi, y avait qu'un truc qui m'intéressait. Le cadenas. Alors, tout le temps de la descente, malgré les tasses que j'avalais et la trouille, j'ai tâté le système, j'ai tiré, tordu... jusqu'à ce que la chaîne se défasse. D'un coup.

Il se tut, lâcha :

— Merde, j'ai soif.

Un comble. Eri remplit un autre verre d'alcool, aida son cousin à l'avaler. Le rose revint instantanément aux maigres pommettes et des lueurs presque joyeuses s'allumèrent dans son œil encore entrouvert.

— Après ? poussa Bolan.

Angel toussa un coup, hocha la tête, chuinta entre ses dents brisées :

— Après, je suis remonté. Mais j'avais vu dans les films qu'il fallait pas sortir de l'eau comme ça. D'abord voir si la voie est libre. J'ai laissé ma bouche affleurer la surface, j'ai avalé de l'air et de la flotte, mais j'ai pu voir que la « cigarette » avait mis les bouts.

Il s'arrêta, regarda l'heure à son poignet en commentant, satisfait :

— Ils ont même pas cassé ma montre. De toute façon, elle est étanche.

Ça n'aurait pas été une grande perte. C'était un atroce boîtier à cent sous, gros comme une horloge. Pinu renifla, ajouta tristement :

— Sur la « cigarette », ils rigolaient. Ils me croyaient déjà canné.

— Ils paieront ça, Angel, fit soudain Zaré Treshe. Parole d'honneur et sur la Madone, ils paieront ça. Très cher. Et dans pas longtemps.

Il avait l'air de le penser très fort.

— Ça va ! fit Eri. Bien sûr que ces enculés paieront.

L'Exécuteur esquissa l'amorce d'un sourire froid, se leva, secoua lentement la tête et lâcha :

— Je ne crois pas, Angel.

— Hein ? firent les quatre frères.

— Je ne crois pas qu'ils croyaient Angel mort, lâcha l'Exécuteur. Je suis même sûr qu'ils espéraient bien le contraire.

Un silence interloqué suivit. Ce fut Eri qui questionna :

— Qu'est-ce que vous voulez dire, boss ?

Bolan était redevenu le patron. Signe que les

frères Treshe l'avaient cru à propos de Sassa et de leur sœur. Il marcha vers la porte du garage, faisant signe à Eri de le suivre.

— Emmène-moi au *Phœnicia*. Je te raconterai en route.

Quand même inquiets, deux des autres Treshe les accompagnèrent sur le pas de la porte. Les flingues avaient jailli comme par miracle des ceintures et de son côté, l'Exécuteur avait discrètement ouvert le sac d'artillerie pour dégager la sécurité de la mini-Uzi. Pour le cas où... mais dehors, c'était le désert, la nuit et le silence. Pas le moindre mafioso en vue. Le garage des Treshe était situé sur un freeway en pente, juste entre la prison d'Etat et l'école technique de Marsa. Il occupait un îlot quasi insalubre qui menaçait de s'écrouler, mais chose étrange pour un pays du bassin méditerranéen, on aurait pu manger par terre. Les grosses pierres qui servaient de pavés aux trottoirs étaient lisses et propres. Etonnant. Comme l'étaient également ces impénétrables forêts de mâts de télévision qui encombraient les toits et les terrasses de La Valette. Des mâts de plusieurs mètres de haut. Partout, le ciel était zébré de ces milliers de sculptures tubulaires surréalistes. Etonnantes aussi, ces façades d'immeubles ouvragées à l'européenne, barrées de balcons, coupées d'encorbellements, de fontaines, de bas-reliefs et de loggias parfois équipées de moucharabieh.

Captant le regard de Bolan, Eri Treshe crut devoir expliquer:

— Faut pas se tromper, boss. Malgré les diverses colonisations, l'identité maltaise, ça existe. Et c'est justement ça.

Il désignait les façades, l'ambiance, les mélanges palpables d'influences et de cultures. Il semblait aussi en être fier. Et pour la première fois depuis son arrivée, le guerrier solitaire se sentit gagné par une certaine émotion. Après tout, Malte avait été le siège prestigieux d'un certain Ordre bien connu et au cours de leur histoire, les Maltais avaient prouvé qu'ils savaient eux aussi être des guerriers.

Bolan fit signe aux deux gorilles de rentrer, jeta ses sacs à l'arrière de l'Austin et s'installa sur le siège passager. Eri fit démarrer le moteur, s'excusa d'une mimique auprès de Bolan et alluma sa radio.

— C'est l'heure de l'émission de notre copine, dit-il d'un air gourmand. J'ai jamais été foutu de trouver cette foutue station.

La copine en question ne devait pas faire que de la radio. Eri manipula ses boutons, fit évidemment naître une bordée de parasites épuisants pour l'ouïe. Mais alors qu'il allait faire revenir le sélecteur en arrière, l'Exécuteur lui attrapa le poignet.

— Attends, ordonna-t-il. Attends.

Treshe lui jeta un regard surpris, demanda :

— Qu'est-ce qui se passe ?

— Reviens... là... par là !

De plus en plus éberlué, le Maltais obéit, fit revenir l'aiguille sur la position indiquée par

Bolan et soudain, une voix éclata dans les enceintes. Une voix que l'Exécuteur avait déjà entendue très récemment et qu'Eri Treshe connaissait bien.

La voix d'Angel Pinu!

*
**

— Eh! qu'est-ce que... qu'est-ce que ça veut dire?

Eri Treshe n'y comprenait rien. Il était resté fasciné, tétanisé pendant un long moment, écoutant avec effarement la voix du cousin Pinu dans l'autoradio. Maintenant, il regardait tour à tour l'appareil et l'Exécuteur. Complètement dépassé. Sur sa face grossière, on pouvait voir défiler toutes les phases d'une immense incrédulité. Ça, c'était plus fort que tout. Il entendait son cousin Pinu à la radio!

Car c'était bel et bien Pinu. Avec ses chuintements dus aux dents cassées et son accent traînant. Pinu qui ne parlait plus l'anglais, mais le maltais. Incroyable... mais vrai!

— Viens, jeta Bolan en poussant le géant hors de l'Austin. Dépêche-toi.

Ils étaient déjà à la porte du garage, quand Bolan précisa:

— Laisse-moi faire. Et surtout, tes frères et toi, motus.

Quand les autres les virent revenir, ils s'imaginèrent qu'il y avait un problème et les armes réapparurent aussitôt. Mais, l'index sur la bouche, Bolan leur fit immédiatement signe de rester tranquilles. Tandis qu'Eri prenait ses frères à part, il s'empara du bloc et du crayon restés sur la table et inscrivit brièvement à l'intention d'un Pinu, interloqué :

« Déshabille-toi et ne dis rien. On nous écoute. »

De plus en plus incrédule, Pinu hésita, puis, voyant la mine de ses cousins, il commença à ôter ses vêtements. Pour donner le change, Bolan alla allumer un transistor qui traînait sur un établi et demanda par signes aux Treshe de discuter entre eux. Bientôt, une ambiance « normale » fut rétablie et Pinu put prendre un peu moins de précautions pour achever de se dévêtir.

Enfin, il fut nu.

Intégralement. Ce n'était pas un spectacle follement érotique, mais on n'était pas là pour fantasmer. Un à un, l'Exécuteur inspecta les chaussures, les vêtements, fouillant les poches et les doublures, palpant les ourlets, décousant tout ce qui semblait suspect. Mais après dix bonnes minutes de travail, il fallut bien se rendre à l'évidence ; le micro-émetteur FM qu'il cherchait demeurait introuvable. Alors, d'un signe, l'Exécuteur réclama la montre, la démonta, la passa au crible.

Rien !

A devenir dingue. Pourtant, il en était sûr, à son insu, Pinu portait bien un micro sur lui. Sinon, ils ne l'auraient pas entendu sur l'autoradio.

La radio !

D'un bond, l'Exécuteur retourna au transistor posé sur l'établi, demanda par gestes à Eri s'il en possédait un autre.

Pas question d'arrêter la musique de fond.

Deux minutes plus tard, le géant revenait avec un vieil autoradio démonté qu'il alimenta à une batterie et qu'il brancha sur une enceinte déglinguée. Aussitôt, Bolan chercha la station en question et commença à froisser sans ménagements les vêtements de Pinu.

Dix secondes plus tard, il était édifié.

Il prit le crayon sur la table, se mit à tapoter les gros boutons en cuir tressé du blouson de Pinu. Au deuxième en partant du haut, le bruit du crayon frappant le cuir se répercuta dans l'autoradio. De nos jours, en matière d'électronique, on faisait des merveilles. Une technologie encore chère, certes, mais l'*Organized Crime* n'avait pas une réputation de pauvreté.

Le micro était là. Dans le bouton de cuir.

On l'y avait introduit durant le KO subi par Pinu. Un tour de passe-passe extraordinairement exécuté. Tout se tenait, tout était prévu dès le début de l'histoire. Un scénario génial. Mortel. Digne d'un adversaire comme le grand fumier.

Alors, une ombre de sourire polaire naquit fugitivement sur les lèvres du guerrier solitaire. Il venait de comprendre toute la mécanique de la formidable embrouille par laquelle *on* tentait de le faire tomber depuis l'appel téléphonique aux USA de Claudia Simoni. Il venait de découvrir le piège. Le vrai.

Et par-là même, il venait aussi d'en trouver la parade.

Peut-être.

Plus la peine d'expliquer quoi que ce soit. La découverte du micro-espion éclaircissait beaucoup de choses. L'Exécuteur autorisa Angel Pinu à se rhabiller, fit signe aux frères Treshe de s'approcher de la table et se pencha de nouveau sur le bloc de papier pour écrire :

« Voilà ce que nous allons faire... »

Cette fois, le rideau s'ouvrait sur le dernier acte.

CHAPITRE XVII

Malte avait beau se trouver sur le même parallèle que Sousse, en Tunisie, à deux heures du matin, l'eau qui la baignait était bigrement froide. Heureusement, la combinaison de plongée dont s'était revêtu l'Exécuteur était isotherme. Une combinaison qui comme tout le matériel utilisé, avait été achetée sur Ta'Xbiex Sea Front, dans un magasin spécialisé tenu par un Français. Tout cela pour une petite fortune, mais l'Exécuteur comptait bien se rembourser sur la bête. A condition qu'il réussisse. Ce qui n'était pas absolument certain.

En effet, selon les documents consultés au Palais des Archives de Floriana, rien ne prouvait que les anciens égouts du fort de Mtahleb maintenant disparu, et sur l'emplacement duquel la villa-forteresse avait été construite, n'étaient pas maintenant comblés. Si c'était le cas, le guerrier solitaire serait obligé de mettre sur pied le plan de rechange.

Moins sophistiqué, plus dangereux aussi.

Parce que celui-là, les pourris l'auraient forcément prévu.

— Tu es prêt?

Bolan avait à peine murmuré, mais il eut l'impression que sa voix portait à des kilomètres. La réverbération des sons à la surface de l'eau.

— Prêt, boss.

Bolan ajouta :

— Tu as bien compris ? Pas d'intervention personnelle de la part des Treshe. Vous restez en dehors de tout ça. Sauf si vous êtes menacés.

Dans le canot pneumatique, Eri Treshe hocha la tête. Si loin de la côte, il ne risquait guère d'ennuis. Même le yacht et la « cigarette » décrits par Pinu avaient disparu. A croire que tout ça n'était qu'un fantasme et que l'Exécuteur allait se battre contre des moulins à vent.

Mais là-bas, les projecteurs de la villa brillaient.

— OK, fit Bolan. Passe-moi le talkie-walkie.

Il manipula l'engin, énonça doucement :

— Leader appelle Vautour... Leader appelle Vautour...

— *Vautour reçoit 5 sur 5*. Over, répondit une grosse voix claire.

La voix de Jack Grimaldi! Arrivé le matin même sur les instances de l'Exécuteur. Grâce à Taggart, le pilote qui l'avait amené à Malte, Bolan avait réussi à dénicher un hélico à louer. Celui d'un Libyen. Fils d'un ponte du pétrole offshore. Une aubaine.

— Heure H lancée, prévint Bolan. *Over*.
— *Bien reçu*. Over.
— OK, Vautour. Terminé.

Dès lors, l'ami pilote de l'Exécuteur savait ce qu'il avait à faire. C'est-à-dire rien. Pour le moment, il devait se limiter à tenir l'appareil prêt à décoller. Pour le cas où... A Malte, ce n'était pas un problème. Les Libyens et leurs amis avaient depuis longtemps habitué les autorités à leurs lubies. Même en pleine nuit. A Luqa, cela ne ferait qu'un décollage d'hélico de plus. Un hélico tout neuf. Un superbe petit Bell de l'année. En cas de nécessité, Bolan savait pouvoir compter sur Jack. Ensemble, ils avaient déjà pas mal de pourris à leur actif.

— J'y vais, lança Bolan. Dès que je suis dans l'eau, va planquer le canot où j'ai dit. Ne reviens que si je fais le signe avec la lampe.

Il indiquait une grosse torche étanche. Eri acquiesça. Quand même un brin intimidé par tout ce dispositif de guerre. Bolan vérifia son matériel respiratoire, emboucha le respirateur, resserra les sangles de son sac à dos également étanche et, après un salut de la main, il se laissa descendre dans l'eau et se mit à nager.

Un instant plus tard, il disparaissait dans la nuit.

Il entendit le canot s'éloigner et, parfaitement maître de l'action, il mit le cap sur la petite anse indiquée par Pinu.

Il y fut en quelques minutes. La nuit était toujours aussi noire, la lune n'entamerait son nouveau cycle que le lendemain. Ce qui ne l'empêcha pas de distinguer les marches de l'escalier et la porte métallique sur la plate-forme. Il remonta ses lunettes de plongée sur son front et, parfaitement immobile dans l'eau, il resta ainsi un long moment.

Jusqu'à ce qu'il localise enfin l'ennemi.

Un seul pourri. Assis sur un bout de rocher, tenant une cigarette allumée à l'abri de sa paume. A la faveur d'une de ses inspirations nicotinisées, Bolan aperçut la forme caractéristique d'un PM Kalashnikov AK 47 dans la lueur pourpre. L'arme était actuellement posée devant lui, mais pas question de courir le moindre risque. Au retour, l'Exécuteur ne voulait rencontrer personne sur sa route. Il nagea en silence jusqu'à une mince avancée de roche, la grimpa en décrivant un détour et se retrouva bientôt dans le dos du type. A deux mètres. Il sortit le poignard de sa gaine de mollet, l'assura dans sa main et plongea.

Le pourri ne comprit pas ce qui lui arrivait. Il ouvrit la bouche pour crier, en fut empêché par le bâillon d'une poigne meurtrière. Et tandis qu'il se débattait avec furie, il ressentit une soudaine brûlure glacée à la gorge. Aussitôt, le goût du sang lui emplit l'arrière-gorge et ses poumons furent envahis par autre chose que de l'oxygène. Il vit des éclairs, éprouva un énorme coup de flou et comprit que sa vie était en train de ficher le camp.

Quand l'Exécuteur lâcha sa proie, le pourri

achevait de mourir. Il eut encore deux ou trois soubresauts, mais déjà, Bolan le transportait sur son épaule. Jusqu'à l'eau. Où il le poussa vers le large en compagnie de la Kalash, avant de laisser couler le tout. Puis il revint vers le petit port de la villa, trouva facilement le radier immergé et il ouvrit son sac à dos.

Un instant plus tard, lampe-torche étanche en main, il s'enfonçait en souplesse dans le boyau inondé.

Tout de suite, il se rendit compte que rien ne serait facile. Une partie de la voûte était écroulée et d'énormes pierres encore en suspension risquaient de se détacher. Et puis il y avait ces choses qui flottaient et qu'il n'osait pas identifier. Ecœurant. D'un coup de palmes, il se propulsa en avant, s'attendant à chaque instant à buter sur une grille. Si les créateurs de l'ancien fort n'avaient pas pu imaginer la future existence des hommes-grenouilles, les occupants actuels de la villa-forteresse avaient en revanche dû y songer. Mais plus il avançait, plus l'idée s'ancrait en lui qu'il n'y aurait pas de grille. La scie à métaux qu'il avait emportée serait donc inutile.

Mais il n'avait pas fini d'y penser que la grille fut là !

Avec des barreaux énormes. Une grille quasiment neuve. Bolan essaya en vain de la faire bouger, se résigna à sortir sa scie. Une merveille de l'outillage moderne. La lame au tungstène la plus résistante actuellement sur le marché. Et la plus fine aussi. Une lame qui n'avait pas besoin d'être tendue dans un arceau d'acier, mais une lame libre. Comme celle d'une scie à bois. Bolan inspecta l'ouvrage, découvrit presque tout de suite ce qu'il avait espéré. Un mince interstice entre le cadre de la grille et la maçonnerie du radier. Ainsi, il pourrait y glisser sa lame sans arceau. Plus la peine de s'attaquer aux gros barreaux, il suffisait de sectionner quelques pattes de scellement. Presque un jeu d'enfant. Le ciment était en partie délité et Bolan le fit tomber pour se ménager un confort de travail plus grand. Puis cela fait, il s'attaqua résolument à l'acier des pattes et il ne lui fallut pas plus d'un quart d'heure pour faire basculer la grille sur le côté.

La voie était libre.

Jusqu'à ce qu'il trouve le fond du radier. Vingt mètres plus loin. Il leva les yeux, découvrit le puits du collecteur. Pas plus d'un demi-mètre au-dessus de l'eau, avec toute une série de tuyaux en PVC qui y aboutissaient. Mais un puits fermé par une trappe métallique.

Bien sûr, l'Exécuteur avait prévu dans son équipement de quoi venir à bout de ce genre d'impondérable. Un pain de plastic spécial à haut pouvoir brisant et des détonateurs étanches. Invention du génial Herman Schwarz Gadgets. Mais comme pour la grille du radier, il répugnait à se signaler trop tôt par des bruits d'explosions. Tant qu'il opérerait discrètement, il conserverait toutes ses chances. Alors, il s'accrocha à la saillie du plus gros des tuyaux en PVC et il s'éleva à la force des bras jusqu'à heurter le panneau métallique de la tête.

Un panneau qui bougea.

Bolan fit un rétablissement, se cala du dos et de pieds contre les parois du puits, ouvrit de nouveau son sac à dos, en sortit la mini-Uzi qu'il dégagea de sa pochette étanche. Il fit jouer la sécurité, se passa la courroie autour du cou et poussa résolument sur le panneau d'acier. Sans appréhension excessive. Peu probable qu'il y ait beaucoup de pourris dans un local de collecteur d'égout.

Il put d'ailleurs le vérifier aussitôt. Le panneau se souleva docilement et il émergea dans une grande cave où des rats se mirent à courir un peu partout dans les vieilles caisses et autres accessoires rouillés entreposés là. Les seuls occupants. Si nombreux que Bolan se demanda comment ils n'avaient pas encore dévoré les habitants de la villa.

Dans le fond de la cave, quatre marches suintantes grimpaient jusqu'à une porte. Egalement métallique. Bolan alla y appliquer son oreille, n'entendit rien. Il pesa sur la poignée, mais la serrure était verrouillée et il ne réussit qu'à provoquer un grincement de l'acier mal huilé. Autour de lui, les rats s'enhardissaient. Déjà, quelques-uns d'entre eux grimpaient les marches derrière lui. Pas question de traîner. Il redescendit, se débarrassa de tout ce qui avait rapport avec la plongée, l'enfouit sous une caisse en compagnie du sac à dos vide et, apparaissant dans la sinistre combinaison noire, il dégagea ses armes de leurs enveloppes étanches, glissa le terrible AutoMag dans le holster de hanche, le Beretta à réducteur de son dans l'étui d'épaule, accrocha six grenades à fragmentation à sa ceinture, ainsi que trois chargeurs jumelés en tête-bêche pour l'Uzi et quelques autres pour ses armes de poing. Puis il empocha le plastic et les détonateurs et il relaça la gaine du poignard de commando Cold Steel contre sa jambe.

Il était prêt.

Il remonta les marches, colla de nouveau son oreille au battant. Sans plus de résultat. Alors, sortant d'une poche de la combinaison noire le petit Sézame à cliquets réglables que lui avait autrefois fourni son ami Brognola, il se mit à travailler la serrure.

Juste le temps nécessaire. Une minute.

De l'autre côté, il y avait un couloir qui montait en pente douce. Des ampoules pendaient à sa voûte, mais elles étaient éteintes et l'Exécuteur dut progresser quasiment à l'aveuglette. Inutile d'alerter l'ennemi avec le rayon de sa lampe. Il grimpa ainsi jusqu'à un coude du couloir, trouva un escalier en colimaçon en pierres, le gravit et se retrouva dans un autre couloir.

Beaucoup plus large. Eclairé!

Par une seule ampoule nue entourée de toiles d'araignées. Mais une ampoule qui permettait de voir. Et Bolan vit le type. Un costaud. En bras de chemise, tout au bout du couloir, dans un réduit ouvert, affalé à plat ventre sur une paillasse, lisant un magazine que l'Exécuteur ne voyait pas, mais dont il entendait le froissement des pages. Près du type, un trousseau de clés, un vieux PM Mauser M. 57 9 mm Parabellum à crosse repliable et à chargeur de 32 cartouches. A la ceinture du type, une matraque en caoutchouc et un revolver. Entre Bolan et le réduit, il y avait trois autres portes. Toutes en acier, toutes fermées. A leur aspect, l'Exécuteur devina qu'il s'agissait de cellules.

Il n'hésita pas.

Beretta à réducteur de son dans une main pour parer à toute éventualité, poignard dans l'autre, il se glissa contre le mur et progressa en direction du réduit. Prêt à tout. Un autre pourri encore invisible pouvait aussi occuper le local. Soudain, sans doute alerté par son sixième sens, le type tourna la tête, vit Bolan arriver sur lui. Tandis qu'un intense étonnement se peignait sur sa face de brute, sa main gauche filait déjà vers le Mauser.

Trop tard. Vif comme la mangouste, l'Exécuteur avait repoussé le PM et plongé sur le type.

— Tu cries, tu es mort, gronda-t-il de sa voix sépulcrale.

L'avertissement paralysa aussitôt l'intéressé. Emettant un gargouillis de gorge, il hoqueta :

— Qu'est-ce que...

La lame du Cold Steel lui brûlait déjà la peau du cou. L'Exécuteur gronda de nouveau :

— Où est le prisonnier ?

Le type se dégonfla instantanément. Il bafouilla :

— Là ! Au milieu !

Bolan suivit sa main. Elle indiquait les portes du couloir. Il arracha le pourri à sa couchette, le poussa en avant en exigeant :

— Ouvre. Si tu fais le con...

Il ne précisa pas, mais c'était inutile. L'autre avait déjà actionné un interrupteur situé près de la porte du milieu et engagé une clé dans la serrure. Il y eut des grincements métalliques, une plainte de gonds et le battant s'ouvrit.

Alors, l'Exécuteur eut soudain un doute. Sur la réalité de ce piège qu'il avait envisagé. Car la cellule était bien occupée par un homme blond. Et parce que cet homme blond était bien le vrai Andy Somek, la pâle doublure qu'on lui avait jetée en pâture lors de son récent blitz en Turquie (1), et qui était censée n'être autre que Hernie Garth. Cet autre blond que l'*Organized Crime* avait commandité, via les Triades thaïlandaises, pour l'horrible double crime de Liang et de son épouse Ly Anh. La mère du petit Cheng.

Somek était bien là !

---

1. Cf L'Exécuteur N° 80, *Tempête de mort sur Istanbul*.

CHAPITRE XVIII

Somek était bien là... et vivant !
Du moins, apparemment. L'Exécuteur ignorait la gravité de ses blessures, mais à son entrée, l'Australien avait battu des paupières. Entièrement nu, recroquevillé sur une paillasse dans la position du fœtus, il respirait faiblement en émettant un chuintement désagréable. Il avait du sang dans le nez et dans la bouche. Une odeur pestilentielle régnait dans la geôle. Faite de remugles de sang, de sueur et d'excréments. On traitait mieux les animaux de fourrière.

L'Exécuteur fit s'aplatir le gardien au sol, puis se pencha sur Andy Somek.

— Andy ! C'est moi. Bolan. C'est Claudia qui m'envoie te chercher.

A l'énoncé du prénom, le jeune mafioso repenti émit un gémissement sourd, essaya de se redresser, retomba sur son grabat. Mais dans l'instant suivant, un râle sortait de sa bouche :

— Clau... Claudia !

Puis il retomba. Evanoui.

— Combien de pourris, ici ? questionna aussitôt l'Exécuteur en s'adressant au garde.

L'autre avait entendu Bolan dire son nom à Somek. Livide, il fixait avec affolement et fascination ce grand fumier tout en noir dont il avait si souvent entendu parler. Bolan dut reposer sa question pour qu'il arrive enfin à trembloter :

— Pas... pas beaucoup. Une douzaine.

Bolan tiqua. Si le *Protector* avait effectivement monté un piège pour le coincer, c'était apparemment un peu mince. Il devait pourtant savoir que le grand fumier dégommait ses hommes à la pelle et que ses moyens étaient en général ceux d'une véritable petite armée. Il y avait donc autre chose. Mais quoi ? Ce n'était en tout cas sûrement pas ce minable qui le renseignerait. Dans cette affaire, les initiés ne devaient pas être légions. Il tenta quand même son joker.

— OK, dit-il. Si tu me conduis jusqu'au *Protector*, je te laisse la vie sauve.

— NON !

L'Exécuteur sentit quelque chose d'étrange lui courir le long de la colonne vertébrale. Quelque chose de capiteux qui lui causa une espèce de frisson. Le pourri avait dit « non ». Il n'avait pas dit qu'il ne connaissait pas ce nom, il n'avait pas dit non plus que le *Protector* n'était pas ici. Il avait seulement dit « non ». Il l'avait même crié.

Donc, le *Protector* était là !

Incroyable ! Fabuleux ! Cette ombre monumentale, cet absolu symbole du Mal universel était là ! Enfin à portée de la main. Sans doute trompé par le « montage-bluff » de l'Exécuteur, il ne s'attendait pas encore à sa venue. Inimaginable de la part d'une telle intelligence, mais on avait quelquefois vu pire. Galvanisé par le dénouement proche, le guerrier solitaire appliqua doucement le réducteur de son du Beretta sous la narine du pourri.

— Tu as trois secondes. De toute façon, je le trouverai sans toi, ton *Protector*. Ça prendra juste un peu plus de temps.

Selon sa méthode cent fois éprouvée, il laissa passer quelques secondes. Destinées à faire réfléchir. Puis, de sa voix d'outre-tombe, il lâcha :
— Un...
Rien.
— Deux...
Rien.
— Tr...
— Il me fera dépecer vivant !
Bolan esquissa un début de sourire mortel et précisa :
— Plus qu'une demi-seconde.
Dans le même temps, il avait un peu enfoncé le réducteur de son du sinistre Beretta sous la narine du type. Celui-ci parut sur le point de pleurer, céda enfin :
— Tu... tu me flingueras pas, Bolan ?
— Si tu fais ce que je dis, tu vivras.
Le garde hésita encore une seconde, puis, comme on se jette à l'eau, il dit très vite :

— Je... je vais te conduire.

Bolan le remit debout.

— Tu es costaud, dit-il. Tu vas porter mon copain.

Somek n'était plus très lourd. Sa captivité lui avait fait perdre plusieurs kilos. Toute volonté brisée, le pourri le hissa sur ses épaules et Bolan le poussa en avant. Revenu dans le réduit, il ouvrit une porte qui donnait sur un autre escalier. Eclairé, mais désert. Ils montèrent. Prêt à tout, Bolan fermait la marche, mini-Uzi en batterie. Une fièvre grandissante l'animait. Le *Protector*! Il allait enfin coincer le *Protector*! Quelque part en lui, une voix sournoise lui disait qu'il rêvait. Que rien de tout ceci n'était vrai et qu'il allait se réveiller. Mais il ne rêvait pas. Il était bien conscient et le pourri était bel et bien en train de le conduire au...

— Attention!

La voix pourtant faible d'Andy Somek avait claqué dans le silence des profondeurs. Aussitôt, il y eut une courte rafale et devant Bolan, le pourri bascula en arrière en criant de douleur. D'une main, l'Exécuteur ralentit la chute de Somek, envoya à son tour une rafale. En haut de l'escalier, il y eut des exclamations et des cris de souffrance. Bolan aperçut la fin de l'escalier et une tête qui dépassait. Il envoya une brève rafale d'Uzi. La tête éclata et du sang gicla partout. Mais là-haut, il y en avait d'autres. Bolan les entendait s'appeler entre eux. Il arracha une grenade de sa ceinture, attendit, la balança à la dernière seconde. L'explosion fut presque immédiate. Là-haut, il y eut encore des hurlements, puis plus rien. Ou presque. A travers le brouillard sonore emplissant ses oreilles, l'Exécuteur perçut un gémissement. Puis un autre. Mais celui-là était venu d'en bas.

Somek.

Près du pourri au poitrail éclaté par la rafale, l'Australien gisait à ses pieds, perdant son sang par une toute petite plaie dans la poitrine. Bien ronde.

Andy Somek avait morflé.

L'Exécuteur l'attrapa sous une aisselle, le remit debout tant bien que mal et recommença à grimper. Prudemment. Mais en haut, il n'y avait plus personne debout. Rien que des morts, hachés sur place par les terribles éclats d'acier. Six. Eparpillés sur le sol en pierres d'une salle meublée de lits de camp. Une salle de garde. Avec un survivant. Un blessé. Bolan lui souleva la tête, questionna :

— Ton *Protector*, il est où ?
— *Par ici, Mack Bolan ! Par ici !*

Un autre que l'Exécuteur aurait sursauté. Car la réponse n'émanait pas du blessé. Elle était venue de partout à la fois. Comme sortie de tous les murs. Mais en levant la tête, l'Exécuteur découvrit les deux enceintes accrochées au ras de la voûte.

— *Par ici, Exécuteur !* fit encore la voix.

Une voix très particulière que Bolan avait déjà entendue. Par téléphone, lors d'un blitz aux Etats-Unis, et sur une minicassette audio. Très récemment. En Turquie. Une voix qui ne pouvait pas s'oublier.

La voix du *Protector*!

Bolan ressentit aussitôt la même impression que plus tôt quand le garde avait admis la présence dans les lieux de ce même *Protector*. Une véritable fièvre qui le galvanisa. Il se redressa, jeta à la cantonade :

— Où te caches-tu, *Protector* ?

— *Je ne me cache pas, Bolan,* reprit la voix tant haïe. *Et puisque tu as réussi à venir jusqu'ici, je t'invite à me rejoindre.*

— Comment ça ?

— *On va venir te chercher.*

— S'ils sont armés, je flingue.

— *Tu sembles déjà avoir tué tous mes hommes. Du moins, ceux qui se trouvaient à l'intérieur de cette forteresse. Pour les six autres, ils sont dehors. Attachés à la surveillance extérieure.*

Le *Protector* marqua un temps, avant de préciser ironique :

— *Mais désormais, toute surveillance extérieure est devenue inutile, n'est-ce pas ?*

L'Exécuteur ne releva pas. Bien que terriblement méfiant, il jubilait intérieurement d'une sombre joie. Il allait enfin *voir* le *Protector*. En chair et en os. Et il allait tout faire pour...

— *Je sais ce à quoi tu penses, Bolan,* reprit la voix. *N'y songe plus. Rejoins-moi seulement. Nous avons à parler. Comme tu pourras le vérifier, la personne qui va venir te chercher ne porte aucune arme. Suis-la seulement, elle te conduira à moi.*

Il ne faisait même aucune allusion à une éventuelle venue à lui d'un Exécuteur désarmé. Incroyable.

— Par ici.

Tout au fond de la salle de garde, une porte venait de s'ouvrir. Bolan braqua la mini-Uzi, mais l'échalas qui venait d'apparaître était en manches de chemise et tenait ses bras ostensiblement écartés du corps. Il avait une tête de caricature de bandit sicilien de la belle époque. A faire peur.

— Tourne-toi, ordonna Bolan.

L'échalas obéit et l'Exécuteur put vérifier qu'il ne portait aucune arme dissimulée dans le dos. En lui faisant de nouveau face, l'échalas posa sur lui son regard cruel. Dedans, une lueur d'intérêt venait de passer. De sa voix rèche, il déclara :

— Je te voyais pas comme ça, Bolan.

Une ombre de sourire glacé erra sur les lèvres de l'Exécuteur.

— Tu me voyais comment ?

Haussement d'épaules du type.

— Genre connard de brute épaisse. T'es plus impressionnant en vrai.

Pour un compliment... on était entre pros.

— Mon nom, reprit l'échalas, c'est Mr Max.

C'était donc lui ! Celui duquel tous les protagonistes mafieux siciliens de cette affaire semblaient avoir reçu leurs ordres. C'était un peu comme au théâtre avant le baisser de rideau. Les acteurs venaient saluer. Mais Mr Max n'intéressait que modestement l'Exécuteur. Il gronda :

— Conduis-moi à ton boss suprême.

La lueur d'intérêt disparut des prunelles sombres et Mr Max se détourna.

— Suis-moi, dit-il.

Sans abandonner la plus petite arme, sans démobiliser la moindre parcelle de vigilance, l'Exécuteur lui emboîta le pas. Ils parcoururent des couloirs, traversèrent des salles vides, se retrouvèrent devant une porte en acier. Brillante, de construction récente. Mr Max lâcha d'une voix forte :

— Nous sommes là, *Protector*.

Alors, la porte glissa dans le mur et l'Exécuteur retint son souffle. L'heure de vérité avait-elle vraiment sonné ?

— Avance, Bolan, invita Mr Max.

Mais au-delà de la porte en acier, il faisait noir comme dans un four. Sentant la méfiance de Bolan, Mr Max renseigna :

— J'entre avec toi. Je serai ton otage.

Au même moment, la voix du *Protector* éclata de nouveau. Venue du fond de la salle invisible :

— *Nous sommes tous tes otages, Bolan. Entre. J'ai déclaré l'armistice entre nous. Pour toute la durée de cet entretien.*

Il était évident qu'entre un Mr Max et un Bolan, le *Protector* n'aurait aucune hésitation. Pour avoir la peau de l'Exécuteur, il serait capable de sacrifier des centaines de Mr Max. Mais pour Bolan, refuser d'entrer maintenant eût été ridicule. Et une lâcheté flagrante. Alors, poussant quand même Mr Max du canon de la mini-Uzi, dégoupillant une grenade à fragmentation qu'il conserva dans son poing fermé, il entra dans le noir. A cet instant, comme s'il avait attendu ce signal, un écran s'illumina tout au fond de la salle. Un écran blanchâtre, au centre duquel une silhouette s'inscrivait en ombre chinoise.

— *Te voilà enfin, Bolan!*

Le *Protector*! En ombre chinoise!

Le pourri des pourris n'avait pas plus de courage que n'importe quel mafioso de bas étage. Lamentable. Car Bolan l'avait compris, le chef suprême, le parrain des parrains, se planquait derrière un écran. Mais alors que l'Exécuteur en était là de ses réflexions, son odorat enregistra une étrange odeur. Désagréable. Une odeur qu'il connaissait bien. Comme la plupart de ceux qui faisaient eux-mêmes leur marché.

L'odeur caractéristique... d'une boucherie.

Il se dit qu'il délirait, mais à la même seconde, deux événements se produisaient simultanément. La porte en acier brillant se refermait dans son dos et une lumière aveuglante inonda tout.

Pas vraiment surpris, l'Exécuteur se força à demeurer les yeux ouverts. Alors, comme dans un film surexposé qui redevient d'une intensité lumineuse normale, il retrouva son acuité visuelle. D'abord très mal à cause de l'intense éblouissement, puis beaucoup mieux.

Des croix. Non, des silhouettes en forme de croix.

Des croix accrochées aux murs. Immobiles et livides. Avec des choses qui semblaient sortir de leur centre. Des silhouettes... humaines ! Des silhouettes de...

Puis l'Exécuteur vit tout à fait bien. Alors, pour la première fois depuis le début de son implacable guerre contre le monde du crime, il découvrit l'horreur. La vraie. Dans toute l'acception du terme. L'horreur totale, parce que gratuite. Car sur les murs, il y avait quatre corps accrochés. Des corps nus. Eventrés du pubis à la gorge. Avec tous leurs organes et leurs viscères pendant hors de leur enveloppe charnelle. Des corps vidés de leur sang. Des sujets de dissection.

Quatre cadavres mâles. Des colosses.

Les frères Treshe.

CHAPITRE XIX

Un silence insupportablement dense s'était établi dans l'immense salle aux murs suintants d'humidité. Devant l'Exécuteur, Mr Max se tenait tout droit. Raide et compassé comme un croque-mort en bras de chemise. Et encore devant lui, à dix mètres de là, il y avait l'écran. Ou plutôt la vitre. Une vitre sablée qui ne permettait pas de voir vraiment à travers, mais qui laissait passer les formes à condition qu'on les éclaire par-derrière.

Ce qui était le cas du *Protector*. Une massive silhouette, coiffée d'un large chapeau. Exactement la description faite par Angel Pinu à l'issue de sa filature dramatique.

Et puis il y avait cette caméra. Une caméra vidéo, accrochée au-dessus de la vitre dépolie. Derrière celle-ci, le *Protector* pouvait parfaitement voir l'Exécuteur. Ce qui lui donnait un sérieux avantage.

L'Exécuteur voyait tout cela et son cerveau recommençait enfin à fonctionner à plein rendement. Il avait déposé Andy Somek toujours vivant près de la porte et il analysait la situation. Il calculait ses chances. Non seulement celles de sa propre survie, mais également celles de pouvoir s'emparer du *Protector*.

Car c'était ça, le but initial de Bolan.

Ce qu'il avait espéré et planifié depuis l'élaboration de son plan en compagnie des frères Treshe. Maintenant, ces derniers étaient morts, mais le plan restait opérationnel. Tous les éléments du piège étaient en place. Il suffisait que l'Exécuteur décide de le déclencher.

Initialement, il avait prévu que ce serait au *Protector* de décider lui-même de son sort. La mort ou la capture. Maintenant, ces cadavres écorchés changeaient tout. Désormais, c'était la mort maintenant... ou la mort un peu plus tard. Quand l'Exécuteur aurait estimé lui avoir soutiré suffisamment de renseignements sur sa formidable organisation.

— *Te voilà enfin, Bolan !*

De nouveau la voix du *Protector*. Toujours aussi posée. Aussi tranquille. Malgré ces assassinats en chaîne. Malgré la présence de l'Exécuteur à quelques mètres seulement de lui.

— Tu es une ordure, *Protector*, laissa tomber Bolan avec tout son mépris. Tu as fait tuer les Treshe comme personne ne l'aurait fait avec des chiens.

— *Il ne faut pas m'en vouloir, pour tes amis,* renvoya la voix. *Des imbéciles. Mes hommes ont flingué les trois premiers il n'y a pas une heure.*

Pris en train de poser des bombes un peu partout autour de la villa. Je suis sûr que tu n'étais même pas au courant. Pas des méthodes à toi, ça.

C'était vrai. Mais les Treshe étaient des êtres simples. Sans doute n'avaient-ils pas eu très confiance dans le plan de l'Exécuteur. Leur vengeance s'était retournée contre eux. C'étaient des malfrats, pas des tueurs. Ils avaient payé cher, mais cela ne changerait rien à la fin de l'histoire.

— *Pour le quatrième,* ajouta la voix du *Protector, mes gars sont allés le buter dans son canot. Tu vois, moi aussi, j'ai des hommes-grenouilles.*

Pauvre Eri. Lui, était mort en « service commandé ».

— *Pour en revenir à l'essentiel,* reprit la voix avec un rien d'ironie, *j'ai cru un moment que tu allais appliquer le plan enregistré par notre microespion. Un plan très aléatoire, cet investissement de ma forteresse par la falaise. Trop risqué. Mes gars auraient eu une toute petite chance de t'avoir. Et ça, je ne le souhaitais pas. Vraiment pas.*

— Pourtant, intervint Bolan, le coup du camion, l'accident, le flingueur.

— *Tu ne risquais rien. J'en étais sûr. Le genre de piège que tu renifles à des lieues. Ces deux-là n'avaient aucune chance contre toi. Il ne s'agissait que d'aiguillons. Pour te faire avancer. Vers moi. J'étais sûr de ta victoire.*

La voix se tut un instant, reprit :

— *En l'écoutant, ce plan que tu exposais à ces*

abrutis de Treshe, j'ai tout de suite compris que tu me bluffais par ondes interposées. J'ai compris que tu avais trouvé le micro dans le bouton du blouson. Je me suis donc immédiatement douté que tu viendrais plutôt par le vieux collecteur. Vraiment, j'étais très content. Car là encore, j'étais absolument sûr que tu réussirais à venir jusqu'à moi.

— Si tu voulais en être si sûr, tu pouvais retenir tes tueurs. Truquer, provoquer de faux attentats.

— *Allons, Bolan! Ça n'aurait pas été digne de toi. De nous! C'eût été une insulte à notre guerre! Je voulais que tu réussisses vraiment à arriver jusqu'à moi. Je voulais une vraie bataille entre nous deux. Et j'étais sûr qu'aucun de mes tueurs n'aurait ta peau avant.*

La voix rit doucement.

— *Tu vois en quelle estime je te tiens, Bolan.*

— Qui parle de guerre entre nous deux? Je ne vois pas d'adversaire, moi. Je ne vois qu'un pétochard qui se planque derrière une vitre. Et sans doute une vitre blindée.

Nouveau petit rire qui se voulait distingué.

— *Exact, Bolan. Exact. Cette glace est effectivement blindée. D'une épaisseur et d'un blindage tels qu'aucune arme, même de gros calibre, ne pourrait en venir à bout. Mais tu connais sûrement ça. On dit que ton fameux mobil-home est également équipé de ce genre de matériau.*

Inutile de corriger l'information en précisant que le quadriplex spécial monté sur le cadre anti-vibrations du char de guerre était un produit hyper-secret, issu des laboratoires de la NASA. Inutile aussi de dire que ce matériau-là était capable de résister au pouvoir perforant et à l'onde de choc d'une grenade de 40 mm, genre XM 148.

— *Mais compte tenu de la situation*, ajouta la voix, *j'ai jugé plus prudent d'éviter les bavures. D'ailleurs, tu es armé et je ne le suis jamais. De plus, tu as tué tous mes flingueurs. Tu vois, la lutte qui nous oppose est non seulement stupide, mais très inégale.*

Ben voyons !

— Résumons-nous, dit l'Exécuteur. Après le massacre que l'on sait, tu fais enlever Andy Somek, pour que son amie Claudia m'appelle au secours, tu as gagné. Tu me laisses arriver en Sicile, tu organises tout un jeu de piste qui m'oblige à faire un saut de puce jusqu'à Malte, gagné. Tu continues à m'aiguillonner en organisant un attentat contre moi dès ma sortie de Luqa, gagné. Tu fais en sorte que le cousin des Treshe qui suivait la Mercedes soit un témoin oculaire de ta présence à Malte, gagné. Tu le fais alpaguer par tes flingueurs pour qu'ils puissent transistoriser un bouton de son blouson sans qu'il y paraisse, toujours gagné. Ensuite, poussant le jeu jusqu'à l'absolu... je dirais même jusqu'à l'absurde, tu comprends que j'ai éventé le coup du micro et tu m'attends ailleurs que ne le précise mon plan avoué, encore gagné.

L'Exécuteur observa une courte pause, finit par avouer :

— Mais dans tout ça, il y a un truc que je ne comprends pas.

— *Quoi donc ?*

— Le coup de ma caisse d'armes. Celle que tu as tenté de faire voler aux entrepôts de Punta Raisi.

Cette fois, ce fut à la voix du *Protector* de marquer un break. Quand elle s'éleva de nouveau, il sembla à l'Exécuteur qu'elle était soudain plus grave. Plus tendue aussi.

— *Cette caisse d'armes est* tout *le problème, Bolan.*

Il avait insisté sur « le problème ». L'Exécuteur fronça les sourcils.

— Je ne comprends toujours pas.

— *Tu ne peux pas comprendre. C'est un challenge.*

— Un challenge ?

— *Dans cette caisse, je savais qu'il y avait tes armes personnelles. Mes hommes de New York l'ont su par ce Gino. Le beau-frère new-yorkais de Sergio Barzetta, le gardien des entrepôts douaniers de Punta Raisi.*

Le copain de Jack Grimaldi ! Le vétéran du Vietnam !

— *Cet abruti de Gino tripote bien trop les cartes à jouer. Poker. Il s'était endetté jusqu'au cou. Alors, il travaille un peu pour la Famille de New York et il a laissé traîner sa langue. C'est comme ça que j'ai su que ta caisse d'armes partait de cette manière pour te rejoindre en Sicile.*

— Ça ne me dit pas...

— *J'y viens! Cette caisse est* le problème, *parce que je ne l'ai finalement pas eue. Or, sans cette caisse, je ne pouvais plus te tuer. Je veux dire, te tuer moi. De ma main. Car le challenge était précisément de le faire avec une de tes propres armes. Le Beretta, par exemple,* ajouta-t-il insidieux. *Tu sais, ton fameux Berretta à réducteur de son.*

— Pourquoi me tuer de cette manière ?

Le légendaire romantisme de la mafia avait en effet été jeté aux orties depuis longtemps.

— *Un engagement que j'avais pris. Un engagement solennel. Une action qui aurait eu des témoins. Tous mes hommes présents ici. De manière à ce que l'exploit soit colporté partout dans le monde. Rends-toi compte! Le* Protector *qui tue l'Exécuteur de ses propres mains... et avec l'arme légendaire du grand fumier! A l'issue d'une telle campagne de pub, j'entrais moi aussi dans la légende et mon autorité n'aurait jamais risqué d'être discutée. Par personne. Même plus en Colombie, où actuellement, les cartels des narcos me créent quelques soucis. Notamment à Medelin. Même ces mégalos, je les aurais définitivement matés. Tu comprends ?*

Bolan hocha la tête.

— OK. J'ai tout saisi. Donc, tu ne veux plus... pardon, tu ne *peux* plus me tuer.

Un silence. Un long silence, puis :

— *Si. Bien sûr que si,* fit doucereusement la voix. *Bien sûr que si... puisque tu es venu à domicile m'apporter ton fameux Beretta.*

Sourire glacé de Bolan.

— Tu sais très bien que moi vivant, tu ne l'auras pas.

Un autre silence, puis :

— *A moins que tu ne t'endormes.*

Plus que les mots, ce fut le ton qui alerta l'Exécuteur. Mais ce qui se produisit le prit à contre-pied. Un simple chuintement. Puissant, sonore. Et Bolan vit deux jets blanchâtres jaillir au-dessus de la glace dépolie.

Du gaz!

Un rire résonna dans le circuit sono et la voix du *Protector* annonça d'un ton badin :

— *J'ai gagné, Bolan! Gagné! Tu es déjà mort!*

CHAPITRE XX

Le *Protector* avait raison. Si l'Exécuteur se laissait terrasser par le gaz, il était fichu. Quoi qu'il arrive. Même si après le *Protector* tombait quand même dans son piège. Belle consolation posthume. Il fallait faire vite. Très vite.

Bolan bondit, attrapa Mr Max par le col, lui enfonça le canon de la mini-Uzi dans la nuque et lança calmement :

— Arrête ça, *Protector*. Ou je lui fais sauter le crâne.

Un autre petit rire contenu s'éleva dans la sono.

— *Fais sauter, Bolan ! Fais sauter ! Je n'ai plus besoin de lui. Il est has-been.*

— Salaud !

Mr Max réagissait. Mal. D'un coup, il s'était arraché à la poigne de Bolan et s'était mis à courir de son pas d'infirme vers la vitre dépolie.

— Salaud ! hurla-t-il encore.

Mais le gaz continuait à se déverser. Encore trop loin de la mini-Uzi pour risquer une explosion. Encore fallait-il qu'il s'agisse d'un gaz détonant. Si c'était le cas, le *Protector* avait commis sa première erreur.

Il allait y laisser la peau.

L'Exécuteur aussi. Probablement.

Prêt à tout et se vidant le cerveau, il envoya une rafale dans la porte en acier. Pas d'explosion. Et porte blindée. Les ogives brûlantes ricochèrent sur les murs et l'une d'elles alla creuser un trou dans le front du pauvre Zaré Treshe. Par acquit de conscience, Bolan tira aussi dans la glace. Sans plus de résultat que s'il avait balancé une poignée de graviers. La voix du *Protector* s'éleva :

— *Si tu fais tout sauter, tu y resteras sûrement, Bolan. Pas moi. Mon bunker est blindé de partout.*

Y compris la glace de séparation. Mais même blindée, aucune glace n'était aussi solide que le béton et l'acier. Pour l'instant, le *Protector* ne risquait rien. Mais pour l'instant seulement. En revanche, Mr Max qui courait vers la vitre au moment du tir s'était bloqué une ou plusieurs 9 mm Parabellum. Il tournoya sur le côté, tomba à genoux, puis glissa en biais contre le mur de séparation. Quand Bolan arriva sur lui, du sang coulait de sa bouche trop mince et la douleur déformait ses traits de bandit de BD. Haletant, les yeux déjà ternis par l'agonie, il jeta de sa voix rêche :

— Gaffe, fumier. Le laisse pas... foutre le camp. De son... bunker, il peut descendre directement jusqu'à... la flotte. As... ascenseur ! Il va rappeler la « cigarette ». Elle va...

Le reste se perdit dans un gargouillis lugubre. Les yeux de Mr Max se révulsèrent et il acheva de s'effondrer doucement.

De son côté, l'Exécuteur était à bout de souffle. Toussant comme un malade, il se tourna vers Somek. Mais l'Australien n'avait pas bougé. Pourtant, ses paupières se soulevèrent une seconde et il sembla à Bolan qu'il l'avait reconnu. Plus lourd que l'air, le gaz tapissait maintenant toute la surface du sol. Il fallait faire vite. Tenter le joker. En cas d'échec, il resterait la phase finale du plan. Il était temps de déclencher la procédure d'attaque.

Jack Grimaldi.

L'Exécuteur avait prévu une parade, mais il ne s'agissait que d'une opération destinée à capturer le *Protector*. Une opération qui pouvait échouer. Dans ce cas, il ne sauverait pas nécessairement sa propre peau.

Pourtant, il n'avait plus le choix. Il empoigna le talkie-walkie suspendu à sa ceinture, enfonça une touche rouge. Trois fois de suite. Le signal. Un signal que n'aurait pu envoyer un autre type d'appareil dans de telles conditions. Mais l'Exécuteur avait beau se trouver sans doute à plusieurs mètres en sous-sol, les ondes hyper puissantes de cet engin mis au point par les laboratoires de la NASA étaient déjà parvenues jusqu'à Jack Grimaldi.

A dix kilomètres de là, sur le tarmac de Luqa.

Les dés étaient jetés. L'Exécuteur apercevait toujours la silhouette à travers la glace dépolie.

Cette ordure de *Protector* voulait rester jusqu'au bout. Le coup du Beretta, de cette exécution de sa propre main était sérieux. Un truc de mégalo.

— *Tu es encore debout, Bolan ?*

La voix était redevenue sérieuse. Presque grave. Teintée de réelle curiosité. Sans répondre, l'Exécuteur ouvrit une poche de la sinistre combinaison noire, en tira une plaquette de pâte presque blanche, plus quelques accessoires.

Plastic. Celui-ci était très spécial. Très haut pouvoir brisant. Spécialement fabriqué par le génial Gadgets. Avec cette pâte, qui ressemblait à celle utilisée en pâtisserie, l'Exécuteur avait déjà fait sauter des tonnes de béton et d'acier. Et le plus étrange, le plus étonnant était que la plus grande partie de l'onde de choc était absorbée par la déflagration elle-même. Une sorte d'auto-récupération. Un phénomène physique qu'Herman Schwarz avait maintes fois tenté d'expliquer, mais Bolan n'avait toujours pas tout compris.

Seul le résultat comptait.

Un résultat que l'Exécuteur allait pouvoir vérifier une fois de plus. Ignorant les réelles propriétés de la glace dépolie, il espérait seulement que ce serait avec succès. Avec les gestes précis de l'habitude, retenant son souffle au maximum à cause du gaz, il confectionna une sorte de mince boudin de plastic, le colla tout le tour de la glace, à la jointure de celle-ci et de la maçonnerie. Puis il enfonça dans la pâte un petit crayon détonateur. Modèle à retardateur. Dix secondes.

— *Bolan! Tu es fou! Tout ça ne sert à rien!*

L'Exécuteur n'en fut pas absolument certain, mais il lui avait semblé voir se dédoubler la silhouette derrière la glace. Comme si un deuxième *Protector* était soudain venu rejoindre le premier. Juste quelques secondes, puis l'ombre était redevenue normale. Mais cette fois, la voix lui avait semblé légèrement altérée. Plus aiguë. Moins calme.

— *Bolan!*

L'Exécuteur n'écoutait plus. Il avait donné un quart de tour à droite au système de mise à feu du détonateur. Il se précipita, attrapa le corps de Somek au passage, s'encastra littéralement dans le décroché de la porte fermée, retenant l'Australien contre lui de toutes ses forces, le protégeant ainsi du rempart de son propre corps. Il eut juste le temps de se boucher les oreilles avant que l'explosion ne survienne.

Une explosion qui fit trembler le sol et les murs.

Sonné, Bolan avait eu l'impression que son corps s'écrasait comme une crèpe contre le mur. Des gravats fusèrent, une pierre le frappa dans le dos avec une violence inouïe. Souffle coupé, il crut que c'était fini pour lui. Mais dans la seconde suivante, il lâchait Somek et tournait la tête pour embrasser le décor.

L'apocalypse!

Il s'agissait bien d'un gaz détonant.

Mais la glace blindée avait disparu. Volatilisée.

Des gravats partout, de la poussière à couper au sabre et la vision dantesque des cadavres des frères Treshe. Arrachés à leurs entraves, ils s'étaient dispersés un peu partout, distribuant viscères et organes à la volée.

L'horreur totale.

Sans le profond décroché de la porte, l'Exécuteur aurait été réduit en bouillie. Mais déjà, il sautait par-dessus le monceau de débris. Auto-Mag dans une main et mini-Uzi dans l'autre, il se rua en avant, plongea dans l'ouverture. Au quart de seconde, l'ordinateur de son cerveau de guerrier avait analysé la situation.

Le *Protector* s'était trompé. Son bunker n'avait pas résisté.

L'ordinateur de synthèse du cerveau de Bolan fonctionnait toujours. Champ d'action envahi par un épais nuage de poussière. Un fauteuil éventré et renversé, une télé en miettes qui brûlait. Soudain, dans une trouée plus claire, l'Exécuteur aperçut plusieurs silhouettes et vit des éclairs. De gros frelons mortels se mirent à zonzonner autour de lui et il sauta sur le côté, à l'abri d'un pan de mur resté debout. Pour lui, tirer dans cette purée de pois eût été idiot. Le *Protector*, il le voulait vivant. Mort, il ne valait plus rien. Un autre parrain des parrains aurait pris la relève. En revanche, la capture du *Protector* et les renseignements qui en découleraient permettaient de frapper si fort l'*Organized Crime* qu'il lui faudrait des années pour se réorganiser.

Bolan en était là de ses pensées quand une imposante silhouette noire se découpa soudain dans le nuage opaque. Gigantesque et pataude.

Le *Protector*!

Une silhouette qui se redressait, qui fonçait vers une porte défoncée par l'explosion. Autour d'elle, d'autres silhouettes venaient de se regrouper et le poussaient en avant. Ses flingueurs. Cette fois, l'Exécuteur pouvait tirer. Le terrible AutoMag aboya furieusement, envoyant six énormes projectiles de 44. Si vite que la succession de détonations se confondit en une seule. Assourdissante. Autour du *Protector*, les *soldati* tombèrent comme des mouches. Cinq. Plusieurs autres avaient réussi à disparaître dans le nuage de poussière.

Avec le *Protector*.

L'Exécuteur se précipita. Il arracha au passage ce qui restait du battant, entendit des cris, des ordres. En anglais. Des bruits de cavalcade lui parvinrent et il lui sembla même percevoir une respiration précipitée. Très forte. Oppressée. Il sauta une série de marches, aperçut des formes noires qui disparaissaient au tournant.

Puis il *le* vit!

Une forme monstrueuse et noire qui plongeait dans la cage d'un escalier en béton. Il la suivit, arriva sur elle au moment où, sur un étroit palier, les deux panneaux coulissants d'un ascenseur se refermaient sur des types en noir.

L'ascenseur évoqué par Mr Max !

— Attendez-moi ! Attendez-moi !

Le *Protector* n'avait pas eu le temps de fuir !

Incroyable ! Les autres ne l'avaient pas attendu ! Comme au cours de ses rêves les plus fous, l'Exécuteur avait le *Protector* devant lui. En chair et en os. Il voyait le dos massif, la grosse tête aux cheveux poivre et sel et le chapeau qui gisait au sol. Il voyait aussi les gros poings blêmes qui cognaient frénétiquement contre la tôle. Et il entendait. Il entendait les cris de panique de celui qui était le chef suprême de l'*Organized Crime*.

Lamentable. Ecœurant.

Alors, avec dégoût, le guerrier solitaire s'approcha du colosse, envoya sa main armée de l'AutoMag vers la tête poivre et sel et, à l'aide du canon, forçant sur la joue gauche, il la força à pivoter vers lui. Mais tandis qu'il goûtait déjà son triomphe, tandis qu'il savourait à l'avance le résultat de toutes ces années de guerre sans pitié, il vit la grosse face, les petits yeux bordés de graisse, la mine décomposée. Il sut alors qu'il avait seulement failli triompher.

L'homme qu'il avait devant lui n'était pas le *Protector* !

CHAPITRE XXI

Ce n'était pas possible!
L'Exécuteur cauchemardait. L'homme qui lui faisait face, cet homme suant de rage et de trouille était... le marchand de cassettes vidéo de la Via Polara, à Palerme! Le bon gros commerçant qui l'avait mis sur la piste de Sisco « Albinos ». Et pour cause!
Voyant qu'il était identifié, l'autre tassa sa montagne de chair sur elle-même, lâcha de sa voix rauque :
— Je ne suis que *sa* doublure, Bolan. Il en a des centaines dans le monde. Son *Homme du Protector! Lui*, il vient de s'enfuir. Tu l'as raté!
Un feu dément s'était allumé dans les petits yeux noirs du colosse. Une expression de triomphe mêlée à la fois de peur et de haine.
— NON!
Envoyant le faux *Protector* valdinguer, l'Exécuteur s'était rué dans la cage d'escalier.
Le *Protector* ne devait pas lui échapper.

*
**

Les panneaux de l'ascenseur s'ouvrirent et les quatre hommes en noir en jaillirent. Ombres du mal, blêmes dans leurs costumes de deuil, semblables dans leurs expressions vides et glacées. Brandissant leurs armes, ils émergèrent dans une pièce encombrée qui sentait le pétrole et le poisson. Brandissant leurs armes, ils foncèrent vers une porte dont le panneau métallique battait encore contre le mur. Ils plongèrent dans la nuit, se ruant vers la jetée où hurlaient les turbines de la longue « cigarette » noire. Un grondement d'enfer qui les empêcha d'entendre un autre grondement.

Mais à la seconde où ils émergeaient à l'extérieur, un soleil éblouissant s'illumina soudain. Un projecteur avait crevé le ciel de nuit. Un ciel dans lequel une brusque tempête venait de se déchaîner.

Une tempête de neige !

Des milliers, des milliards de flocons se mirent à tomber. D'abord scintillants de leur propre pâleur, ils s'illuminèrent tout à coup, comme allumés d'un feu intérieur. Alors, tombant sur les quatre ombres du Mal, ce fut soudain une pluie démente qui les enveloppa.

Une pluie de feu !

La neige, la pluie brûlaient. Les quatre pourris levèrent des yeux égarés vers le ciel criblé de ces milliards d'étoiles de mort et, le premier s'enflamma. D'un coup. De la tête aux pieds. Comme une torche vivante, il agita frénétiquement les bras, poussa un hurlement sauvage et, tout en tournant sur lui-même tel un derviche fou, il commença à mourir.

En même temps que son voisin direct.

Les deux autres reculèrent d'un bond, puis, hurlant comme des damnés, ils battirent en retraite.

Autour des deux « torches », c'était l'enfer. Un enfer de feu vert. Très lumineux. Beau à couper le souffle. Car maintenant, la petite digue brûlait également. Ainsi que toute la surface de la minuscule calanque. Mais là-bas, tout au bout de la jetée, un rugissement assourdissant s'éleva et, dans une débauche de décibels qui couvrirent le grondement venu du ciel dément, étrave cabrée et tous feux éteints, un monstre noir bondit vers le large à la vitesse de la foudre.

La « cigarette » !

Non ! Le *Protector* ne devait pas s'échapper !

Poumons en feu à cause de la poussière, dévalant les degrés quatre par quatre et tendu vers un seul but, l'Exécuteur arriva comme une bombe dans un local encombré qui sentait le pétrole et le poisson. Deux ombres noires jaillirent comme des diables dans le cadre d'une ouverture. Des silhouettes qui se découpaient très bien sur le fond d'un beau vert lumineux. L'Exécuteur lâcha une rafale d'Uzi. Brève. Meurtrière. Les deux pourris semblèrent repoussés par une main géante, vomissant leur sang par une multitude d'orifices. Mais au même moment surgissant de nulle part, d'autres ombres apparurent sur la jetée. Les flingueurs des remparts de la villa-forteresse. Tirant des rafales vers le ciel en folie, ils fonçaient vers l'eau pour s'y jeter. Trois d'entre eux brulaient déjà quand ils arrivèrent au bord du quai. Emporté par son élan, le premier plongea, s'enflamma instantanément. L'eau brûlait, l'eau tuait. Le pourri mourut dans un hurlement d'agonie qui fit reculer tous les autres. Alors, des deux mains, l'Exécuteur lâcha les coups de grâce. Mêlant leurs aboiements sauvages, les détonations sourdes du terrible AutoMag et celles de la mini-Uzi composèrent un sombre concert.

Une symphonie de mort.

Déjà, Bolan avait bondi à l'ouverture. Courte rafale à gauche, une autre à droite et un bond en avant. Vers la jetée, vers la mer et la nuit. Mais tout là-bas, presque sur la ligne d'un horizon scintillant, un tout petit point plus sombre émettait son rugissement déclinant.

Le *Protector*.

Ça ne pouvait être que le *Protector* !

Le temps d'une demi-seconde, d'un emportement, d'une réaction quasi animale, l'Exécuteur fut tenté de courir. De traverser ce rideau de feu vert pour se lancer à la poursuite de cet ennemi, de cette entité du Mal. Puis il leva les yeux, faillit appeler Jack Grimaldi, qui de là-haut venait de déclencher l'enfer. Pour foncer à la poursuite de la « cigarette ». Mais aussi rapide soit-elle, la manœuvre serait encore bien trop longue. Crevant la nuit comme une fusée, la « cigarette » était bien trop loin.

Déjà inaccessible.

Il était une minute trop tard. Si l'hélico de Jack Grimaldi était arrivé un tout petit peu plus tôt, cet encerclement maintenant général et dévastateur de feu vert aurait stoppé le parrain des parrains dans sa fuite. Comme autrefois, ces mêmes paillettes infernales à base de PHONASP 70, invention des laboratoires US de la Défense, avaient cloué au sol d'autres pourris dans les marais des Everglades.

Depuis ce blitz, l'Exécuteur avait décidé de rayer cette saloperie de son arsenal. Une arme chimique, à base de phosphore et de napalm, qui s'enflammait au seul contact de l'air. Une invention diabolique. Mais pour capturer le *Protector*, l'Exécuteur avait résolu de ne reculer devant rien. Trop de drames et de malheur en jeu. Trop de crimes. Trop d'humanité en déchéance.

En vain. Il avait échoué.

Maintenant, c'était fini. Un opéra de sang, de mort et de feu s'achevait. Dans une apothéose aux odeurs de soufre et de fin du monde, le rideau allait s'abaisser sur tous les acteurs. Ceux du Mal et ceux du Bien. Mais la capture du *Protector* serait encore pour une autre fois.

Peut-être...

— Je... je le flingue ?

Andy Somek ! Littéralement accroché à l'immense doublure du *Protector*, un œil fermé par les coups, visiblement sur le point de retomber dans les pommes, Andy Somek était là. Tanguant d'épuisement sur le pas de la porte, à demi conscient, couvert de sang, de poussière et de débris. Mais la main qui tenait le petit PM Ingram M. 10 ne tremblait qu'à peine. Un Ingram M. 10, dont le canon ultra-court était enfoncé dans l'oreille de l'*Homme du Protector*. Somek avait l'index sur la queue de détente. Prêt à envoyer la sauce. L'Exécuteur esquissa une amorce de sourire à la fois las et froid pour déclarer :

— Négatif. On a des tas de choses à se dire, lui et moi.

Surtout *lui*.

— On ne quittera jamais Malte avec ça, Bolan.

L'*Homme du Protector* désignait l'hélico, arborant un rictus méprisant. L'Exécuteur l'ignora. Ils quitteraient tous Malte. Y compris le gros pourri. Grâce à la filière des infortunés frères Treshe. Pour ça, il allait s'arranger avec un certain Angel Pinu. Mais il garderait en mémoire un nom. Celui d'un mac d'Abidjan à qui il irait faire une petite visite. Très prochainement. Pour payer sa dette aux frères Treshe. Et pour rendre au moins une fille à leur mère.

Une mère qui allait bientôt pleurer ses quatre fils. Des fils un peu voyous... mais des fils quand même.

Autour d'eux, le feu vert mourait doucement. L'hélico du fils à papa libyen descendit, se posa sur la jetée dans un grondement soyeux. Pas le moment de traîner dans le secteur. Désignant l'appareil à l'*Homme du Protector*, l'Exécuteur cria :

— Grimpe.

L'autre comprit qu'il n'y avait rien à faire et obéit. A cet instant, Andy Somek s'écroula. D'une masse. Comme mort. Mais il était vivant et l'Exécuteur comptait bien qu'il le reste. Cette fois, le guerrier solitaire eut une véritable amorce de sourire. De vrai sourire. Sans effort apparent, il hissa l'Australien sur son épaule, le porta jusqu'à l'hélico.

— Désolé, Mack, lâcha Grimaldi en le voyant. A Luqa, j'ai eu des problèmes avec mon plan de vol. Ils voulaient m'empêcher de décoller. Une histoire de mécanique. Complètement conne.

L'Exécuteur secoua la tête.

— Laisse ! Ce sera pour une autre fois.

Toujours peut-être...

Puis il donna l'ordre de décoller et installa Andy Somek le mieux qu'il put. Il avait promis à Claudia Simoni de faire tout son possible pour le ramener vivant.

Une promesse était une promesse.

Mais le combat de Mack Bolan continue...

— Non les gars ! NOOONN !

Mais c'était trop tard. L'enfer s'était déclenché d'un coup. Sans prévenir. Un enfer de feu, de plomb et de sang qui transformait le décor, qui éclaboussait les murs et qui teintait de rouge sombre l'univers aseptisé de verre et d'acier qui avait été celui de la *Strand Corporation*. C'était comme une escadrille de guêpes qui se serait soudain abattue. Des guêpes démentes qui distribuaient la mort en zonzonant sinistrement. Sur la gauche de l'Exécuteur, l'unique lampe de bureau allumée vola en éclats et un cri de douleur résonna près de lui.

Sammy venait d'encaisser.

Un minable petit bookmaker du Bronx manipulé par Bolan et qui était tombé dans le panneau en acceptant de lui faire rencontrer « Pépé » Robertino à la *Strand Coporation*. Une des sociétés écran de la nouvelle mafia new-yorkaise. Le petit book, intermédiaire à ses heures entre les acheteurs potentiels de came et les distributeurs avait plongé. Accepté d'accompagner Bolan. Mais « Pépé », l'actuel boss du Bronx, était un vicieux. Et un type prudent. Depuis longtemps, il savait que le book croquait au ratelier du DEA. Des trucs pas très graves et qui pouvaient même rendre des services. Malheureusement, cette fois, il avait dû le faire étroitement surveiller, et en fait de marché juteux, l'affaire se soldait par une distribution gratuite de ce qui manquait le plus au rabatteur : du plomb dans la tête.

Dès les premiers échanges, son gros corps de poussah avait tournoyé sous la grêle mortelle, avant de s'écrouler aux pieds de l'Exécuteur. Ironie du sort, car en voulant tenter d'arranger les choses, en essayant de prouver sa bonne foi, il s'était avancé vers les pourris, attirant vers lui leurs tirs convergents. Avantage certain, l'Exécuteur savait à présent où se situait l'ennemi. Grâce aux éclairs de ses propres tirs.

Apparemment, ils étaient trois. Quatre au maximum.

Des flingueurs condamnés, sacrifiés par « Pépé » Robertino qui avait cru à un piège du DEA. Des obscurs sur lesquels on ne trouverait sans doute aucun papier. Des cobayes destinés à déjouer la manœuvre des flics. Evénement assez courant au sein de l'*Organized Crime*, univers où la vie des autres n'avait aucun prix.

C'était la jungle.

Mais pour l'instant, l'Exécuteur songeait à des choses plus urgentes. Sans états d'âme. Il fallait éliminer ces abrutis. Dans le halo de vague lumière provenant d'un bureau voisin, il esquissa une ombre de sourire glacé, avant de lever la mini-Uzi.

Il avait deux ou trois secondes pour agir.

Pour un homme comme lui, une éternité.

A la cadence de tir infernale des 600 coups/minute de la mini-Uzi, il mit exactement deux secondes. Pour vider vingt cartouches de 9mm Parabellum. Une simple esquisse d'éternité.

Ensuite, le silence.

Un silence presque sonore. Insupportable. Car après l'enfer, il faisait mal aux oreilles. Par précaution, l'Exécuteur attendit. Immobile. Mais au moment où il allait se relever, à l'instant où son ouïe commençait à reprendre son acuité normale, il perçut la présence.

Ou plutôt, son instinct de guerrier la devina.

Il restait un tueur vivant. Indemne. Sa respiration régulière en faisait foi. Un souffle calme, presque inaudible. Il restait donc un flingueur vivant. Soit que les balles de l'Exécuteur l'aient épargné, soit qu'il s'agisse d'un cinquième pourri placé là pour faire diversion.

Il fallait vérifier.

Facile. A condition d'appliquer les vieilles méthodes. L'Exécuteur avait déjà engagé un nouveau chargeur dans la mini-Uzi. Tirant quelques cartouches de sa poche, il les balança loin de lui. Dans le secteur où il s'était trouvé un peu plus tôt. Trop impatient, l'autre commit aussitôt l'erreur.

Une rafale. Longue, meurtrière.

L'Exécuteur n'attendait que cela. Il avait aperçu les éclairs. Droit devant. Il pressa la détente de la mini-Uzi. Une seconde seulement. Le staccato meurtrier fut suivi d'un cri, puis d'un bruit sourd. La chute du pourri.

Mais ça pouvait être un piège. Par acquit de conscience, l'Exécuteur tira de nouveau. En effectuant un mouvement de balayage. Puis il retourna le bloc des chargeurs scotchés tête-bêche, envoya une dernière longue rafale dans la même direction et patienta encore un petit moment. Mais cette fois, c'était fini. Plus que l'odeur de la cordite, celle du sang et de la mort.

Lisez « Le parrain de Nettuno »
en vente partout le
26 janvier 1990

Composé par Eurocomposition, à Sèvres
Achevé d'imprimer en novembre 1989
sur les presses de l'imprimerie Firmin-Didot
à Mesnil-sur-l'Estrée

— N° d'imprimeur : 13360 —
— N° d'éditeur : Ex. 82 —
Dépôt légal : décembre 1989.

Imprimé en France